Das Haus

Kriminalroman

Olivia Monti

neobooks

Impressum

Texte:	© Copyright by Olivia Monti
Umschlag:	© Copyright by maytan
Verlag:	Olivia Monti
Druck:	epubli, ein Service der neopubli GmbH, Berlin

Printed in Germany

Inhaltsverzeichnis

Vorspiel

Das Haus ist eines dieser typischen Mietshäuser mit Wohnungen so klein wie Schuhschachteln. Lediglich im obersten Stock gibt es eine größere Wohnung, ein geräumiges Penthouse.
Lange Zeit lebten wir hier in Ruhe. Es gab die üblichen Streitereien zwischen Nachbarn. Dürfen Schuhe in der gemeinsamen Waschmaschine gewaschen werden? Darf eine wöchentlich gekochte Fischsuppe im gesamten Treppenhaus den Geruch bestimmen? Ab wann ist Musik Lärm? Was ist mit Türenschlagen in der Nacht? Wieviel Hundegebell ist erlaubt? Und so weiter. Der eine hält den anderen für unverschämt, rücksichtslos oder verrückt. Die Mehrzahl versteht sich allerdings einigermaßen. Man duldet einander. Und manchmal entstehen sogar Freundschaften.
Diese verhältnismäßige Ruhe war nach der letzten Party bei Zimmermann für immer dahin. Es passierte etwas Entsetzliches. Und obwohl man sich kaum etwas Schlimmeres vorstellen kann, war das erst der Anfang.
Einmal im Monat lädt Leonardo Zimmermann alle Einwohner zum Aperitif auf seine Dachterrasse ein. Er bewohnt das große Penthouse. Es ist nicht nur ein Aperitif, Zimmermann bietet uns mit Kanapees, Schinken, Käse, Lachs, Scampi, Salaten, Süßspeisen überhäufte Platten an und fachmännisch gekühlten, besonders feinperligen Champagner. Erstaunlicherweise kommen alle, und wir

bleiben meist bis tief in die Nacht, tratschen, scherzen, lachen.
Mit mir unterhält sich Zimmermann meistens über meine paranormalen Forschungen. Er fragt, an was ich gerade arbeite. Ich erzähle ihm dann, wie weit ich mit einem Manuskript über das Gedächtnis von Dingen und Orten bin, auch wenn ich das Gefühl habe, dass ihn das Thema nicht sonderlich interessiert.
Die Feldner-Schwestern, zwei junge Mädchen, die eine Banklehrling, die andere auf Stellensuche, zieht Zimmermann nur allzu gerne mit Witzen auf. Sie kichern spontan los, und ihr Gekicher steckt alle anderen an. Alle nennen sie die Feldner-Schwestern, als seien sie keine Individuen. Dabei gleichen sie sich gar nicht. Die eine ist eine stämmige Rothaarige, die andere eine zierliche Blondine.
Frau Mooskop, pensionierte Kurzwarenverkäuferin, und Frau Rauhaar, pensionierte Schneiderin, bedient Zimmermann höflich, lässt sie aber während des Abends eher links liegen. Frau Mooskop verkaufte Damenunterwäsche. Damals sagte man noch Damenunterbekleidung. Die Zeit der allgegenwärtigen Dessous hat sie wohl nicht mehr mitgemacht. Frau Rauhaar ist etwas jünger. Ihren Beruf üben hierzulande nicht mehr viele aus. Es gibt kaum noch Scheiderinnen außerhalb der Haute Couture. Sie werden einfach nicht mehr gebraucht. Frau Rauhaar ist ledig. Sie war als junges Mädchen vollauf mit ihrer Schneiderlehre beschäftigt gewesen und hatte angeblich schlicht keine Zeit für Männer gehabt. Im Gegensatz zur Mooskop kleidet sich die Rauhaar modern, sie hat Geschmack und scheut sich nicht vor Farben.

Es ist seltsam, dass Zimmermann die Mooskop und die Rauhaar bedient, aber nicht Ramona Valdes. Ramona ist ebenfalls älter. Wobei ihr Alter schwer einzuschätzen ist. Sie könnte um die siebzig sein. Zimmermann schenkt Ramona kein Glas ein, er zwinkert ihr nur zu. Ramona trägt meistens ein viel zu kurzes Oberteil und eine zu eng anliegende Hose, die den Schritt einschneidet. Sie kleidet sich wie ein Teenager. Vielleicht ist es die Macht der Gewohnheit. Als Bardame war sie Jahrzehnte knapp gekleidet, so hat man es von ihr verlangt, und jetzt stellt sie sich nicht mehr um. Dass Zimmermann Ramona quasi wissend zuzwinkert, stört mich. Ich finde es respektlos.
Während Zimmermann die Frauen eher links liegen lässt, seine Unterhaltung mit uns beschränkt sich meistens auf ein paar wenige Witze, unterhält er sich hauptsächlich und auch ernsthaft mit den Männern, etwa über das politische Tagesgeschehen, über Anlagen oder Sport.
Besonders gut versteht er sich mit Jean Colomb, den böse Zungen im Haus trotz seiner vierzig Jahre als Muttersöhnchen bezeichnen. Ebenso mag er offensichtlich Marco Bentivoglio, eine graue Büromaus, und den Balletttänzer Matt Reynolds, den Oscar Wilde zum Vorbild für Dorian Gray hätte nehmen müssen, wenn er ihn denn kennengelernt hätte.
Die einzige Frau, die sich manchmal zu der Männergruppe gesellt, und von den Männern auch einbezogen wird, ist Marina Dunst. Die Dunst ist groß, dick und launisch. Du musst bei ihr jedes Wort auf die Goldwaage legen. Marina Dunst fühlt sich angegriffen, auch wenn man das nicht im Mindestens beabsichtigt hat, und putzt einen aus heiterem

Himmel herunter. Mehr und mehr habe ich den Verdacht, es macht ihr Spaß, sie braucht es.
Priscilla Klein und ich bilden ein Gesprächspaar für sich. Wir sind beide in den Fünfzigern, fühlen uns aber eher wie in den Dreißigern. Wahrscheinlich, weil wir nie verheiratet waren, keine Familien gegründet haben; man altert dann langsamer und bleibt irgendwie unreif, habe ich den Verdacht. Priscilla leitet den Onlineverkauf eines Fitnessgeräteherstellers. Ich fühle mich mit ihr wohl, ohne dass ich wüsste, weshalb. Manche Menschen sind wohltuend entspannend, tolle Kumpel.
Priscilla und Marina sind schon öfters aneinandergeraten. Grund sind Priscillas zwei Chihuahuas. Marina Dunst wohnt im ersten Stock direkt über Priscilla und hört die Chihuahuas bellen. Sie bellen regelmäßig, wenn Priscilla nicht da ist und jemand die Haustüre zuschlägt. Vor einer Woche kam es zwischen Priscilla und Marina beinahe zu Handgreiflichkeiten. Marina bezichtigte Priscilla im Treppenhaus der Tierquälerei. Zwei Hunde dürfe man nicht in so einer kleinen Wohnung halten. Sie drohte Priscilla sogar, sie beim Tierschutz anzuzeigen. Bislang hatte sich Marina nur bei der Verwaltung über das Hundegebell beschwert, mit geringem Erfolg, jetzt wollte sie anscheinend eine Eskalation. Ich hatte Priscilla im Treppenhaus schreien gehört. Sie schreit sonst nie, ist immer beherrscht. Aber da schrie sie aus vollen Lungen, dass Marina sich gefälligst um ihren eigenen Dreck scheren solle.
Fehlen noch die Wistlers. Die Wistlers kommen immer später als alle anderen. Frau Wistler ist eine hübsche Brünette in den Vierzigern und schreibt anscheinend Romane. So ganz genau weiß das niemand. Herr Wistler ist zwanzig

Jahre älter, sieht aber aus, als wäre er vierzig Jahre älter. Ich wundere mich, wie die beiden auf so engem Raum zusammenleben können. Bei den Wistlers haben wir nicht den klassischen Fall, bei dem der alte Mann die jüngere Frau aushält. Hier ist es umgekehrt. Er muss den Haushalt machen und einkaufen, sie schreibt und scheint das gemeinsame Leben zu finanzieren. Da noch niemand von uns einen ihrer Romane gefunden oder irgendetwas über sie gelesen hat, frage ich mich, wie sie ihr Geld verdient. Vielleicht hat sie geerbt. Herr Wistler muss schon bessere Tage erlebt haben. Er ist wohlerzogen und umfassend gebildet. Einmal hat er mir erzählt, er sei in seiner Heimat, Kanada, lange beim Militär gewesen und hätte dort später eine Tierfutterfirma mit zweihundert Angestellten geleitet. Schwer zu sagen, ob es stimmt. Ich habe nicht nach dem Namen der Firma gefragt. Manchmal will man eine Lüge nicht herausfinden; Wistler ist mir aufgrund seiner soliden Bildung zu sympathisch.
Bis auf das Schriftstellerpaar, so nennen wir die Wistlers, und die Feldner-Schwestern lebten in allen Wohnungen nur Einzelpersonen. Und bis auf das Schriftstellerpaar waren alle Singles. Ein Singledasein ist für viele unbefriedigend, egal, wie alt man ist. Vielleicht herrschte auch deshalb im Haus eine Stimmung, die leicht ins Ungute kippen konnte, musste ich später denken.

Im Juli lud uns Zimmermann das letzte Mal zum Aperitif ein. An dem Abend war der Himmel sternenklar, und es war warm bis spät in die Nacht. Den Champagner hatte Zimmermann von einem kleinen Gut bei Chamery kommen lassen. Und wie immer war er perfekt gekühlt. Zimmermann hatte Lager- und Weinkühlschränke, wie man sie nur aus einem Restaurant kennt. Und dieser Champagner war etwas ganz Besonderes. Er leuchtete goldgelb. Nach dem zweiten Glas musste ich ständig lachen. Auch die Feldner-Schwestern kicherten unablässig beim kleinsten Anlass. In so einer Laune konnte es nicht ausbleiben, dass bald alle über den einzig nicht Anwesenden, Enis El Agha, zu tratschen und zu lachen begannen.

Enis war vor wenigen Monaten ins Haus gezogen. Er hatte das Mini-Penthouse gegenüber von Leonardo Zimmermann gemietet und bislang jede Einladung zum Aperitif ausgeschlagen. Dass Zimmermann uns ständig mit einer Grimasse einschärfte, doch nicht so laut über seinen Nachbarn zu reden, machte das Ganze noch komischer und ließ uns noch mehr lachen. Ich gebe zu, wir waren gemein. Besonders, weil wir Enis kaum kannten und hauptsächlich böse Mutmaßungen anstellten. Aber gemein über andere zu reden ist einfach ein Riesenvergnügen. Tratsch gehört zum gesellschaftlichen Leben, wenn man das hier überhaupt Gesellschaft nennen konnte. Aber selbst ein Mikrokosmos wie unser Haus, und sei er auch von lauter Außenseitern bewohnt, bildet so etwas wie die Grundstruktur einer Gesellschaft heraus, und dazu gehört, dass man sich über deren Mitglieder austauscht und auch, dass Mitglieder hinter dem Rücken anderer Mitglieder tratschen. Es ist ein Prozess der Selbstbespiegelung, der Selbstvergewisserung, der auch schmerzhaft sein kann.

Zimmermann wollte nun herausgefunden haben, dass Enis aus Syrien stammt, aus Damaskus. Seine Eltern hatten ihn, laut Zimmermann, zum Medizinstudium nach Europa geschickt.

Als Zimmermann uns das erzählte, lachte Marina Dunst laut ein extratiefes Lachen: „Der ist doch Asylant."
Jean verzog sein Gesicht. „Willst du damit sagen, der Staat zahlt ihm die Penthousewohnung?"
„Kluges Bürschchen. *Wir*, die Steuerzahler, zahlen ihm die Luxusbleibe", stimmte Marina Dunst ein.
Luxusbleibe konnte man Enis' Wohnung kaum nennen. Ich kenne die Wohnung, sie besteht aus einem Zimmer mit winzigem Bad und Kochecke, insgesamt 25 Quadratmetern. Der einzige Luxus ist der kleine Teil der Dachterrasse im fünften Stock, der dazugehört.
„Scht, scht", Zimmermann versuchte den Ton zu dämpfen. „Wenn er in Damaskus lebt, ist er ja nicht unbedingt ein Flüchtling. Seine Eltern gehören vielleicht zum Asad-Establishment."
„Na und?", rief Marina mit tiefer Alkoholstimme. „Der kriegt trotzdem Geld vom Staat. Da verwette ich die Chihuahuas drauf."
„Unverschämtheit", zischte Priscilla. Ich zupfte sie am Arm, um Schlimmeres zu verhüten.
„Kommen hierher und lassen sich von uns aushalten, wollen aber nichts mit uns zu tun haben, gucken auf uns herab, weil wir *Ungläubige* sind", grollte Marina.
Der mausgraue Bentivoglio regte sich auf einmal. Er hielt sich sonst immer zurück, als wolle er unter gar keinen Umständen auffallen. „Ein Syrer in einer teuren Penthousewohnung wird vom IS bezahlt! Das ist meine Meinung."
Er wurde ganz rot. Wahrscheinlich, weil er zum ersten Mal eine eigene Meinung vertrat.
Marina sperrte die Augen so weit auf, dass ich schon Angst bekam, die Augäpfel sprängen heraus. „Klar! Genau.

Schlaues Kerlchen." Sie blies Luft aus der Nase. „Wir können uns auf was gefasst machen hier drin. Ich sag's euch. Da bleibt kein Stein auf dem anderen. Am besten, wir geben der Polizei einen Wink."

Zimmermann versuchte abermals zu beschwichtigen: „Ruhig. Ruhig. Das ist doch ein gut aussehender, ganz freundlicher junger Mann ..."

„Warum will er dann nichts mit uns zu tun haben?", blaffte Marina dazwischen.

„Er ist vielleicht nur schüchtern." Zimmermann zuckte mit den Schultern.

Die Wistlers standen sonst immer beiseite und tranken. Umso mehr war ich überrascht, als Frau Wistler sich einmischte: „Gleich die Polizei holen, nur weil jemand Syrer ist, das ist doch … rechtsradikal!"

Herr Wistler nickte eindringlich.

Als hätte Marina Dunst nur auf diesen Augenblick gewartet, baute sie sich in voller Größe vor den Wistlers auf und hielt schreiend einen Vortrag über das exponentielle Anwachsen der Kriminalität im Land infolge der Straftaten von Migranten.

Spätestens hier war der Abend gekippt. Die Feldner-Schwestern waren mucksmäuschenstill verschwunden. Ich hatte es nicht einmal bemerkt.

Nachdem Marina Dunsts Vortrag, den niemand zu unterbrechen gewagt hatte, endlich beendet war, kam keine gute Stimmung mehr auf. Wir standen noch eine Weile verlegen auf der Terrasse herum. Bald ging einer nach dem anderen unter einem fadenscheinigen Vorwand.

Leonardo Zimmermann tat mir leid. Er gab sich jedes Mal solche Mühe, bewirtete uns großzügig, und jetzt hatte die

Dunst ihm den Abend komplett versaut. Vielleicht war das ihre neue Masche, bei einer Party einfach dreinzuschlagen und das Fest zu sprengen, zum Verdruss aller, statt nur eine einzelne Person zur Schnecke zu machen.
Als ich am Tag danach einen Zettel in meinem Briefkasten fand, auf dem Marina Dunst Unterschriften sammelte, um Enis aus dem Haus zu ekeln, angeblich gab es in unserer Hausordnung die Möglichkeit, jemanden loszuwerden, falls alle anderen Mieter unterschrieben, schämte ich mich, dass ich am Abend zuvor nichts gegen das Geschimpfe auf Enis eingewandt hatte.

Kapitel I

Ich kriege das Bild, das ich an dem Morgen sehen musste, einfach nicht mehr aus dem Kopf. Es war früh am Morgen, und es regnete. Der Regen fiel in dichten Schnüren. Zuerst erblickte ich nur einen Schuh. Dann, als ich weiter aus der Haustür trat und um die Ecke bog, sah ich Enis. Ein paar Tauben flogen knatternd hoch. Enis lag auf dem Rücken mit verrenkten Gliedmaßen. Eine klebrige Masse quoll seitlich aus seinem Kopf. Sein Gesicht glänzte vom Regen. Es wirkte wie tränenüberströmt. Um Kopf und Schultern färbte sich die Nässe schwarzrot. Sein weißes Hemd war durchsichtig geworden. Die dunkelblauen Hosen klebten wie Lappen an seinen unförmig gewordenen Beinen.
Ich bin nicht einmal erstarrt. Und ich konnte auch nicht schreien. Ich stürzte zurück ins Haus und wählte den Notruf.

Ich wartete zitternd im Eingang, bis der Krankenwagen mit Sirenengeheul vor dem Haus hielt. Ich kann mich nur noch vage erinnern, was ich ins Telefon gestottert hatte. Wahrscheinlich ging daraus nicht hervor, dass Enis schon tot war. Die Einsatzleute brauchten nicht lange, um das festzustellen, und riefen dann die Polizei.
Es regnete weiter ohne Unterlass. Wasser spritzte mir ins Gesicht, obwohl ich unter dem Vordach des Eingangs stand. Kein anderer Bewohner war zugegen. Dann hörte der Regen plötzlich auf. So abrupt, als sei es nur ein Bühnenregen gewesen. Und ich wünschte mir verrückterweise, dass es nur eine Filmszene sein mochte. *Klappe, Enis steht auf, schüttelt sich. Einer der Notfallhelfer reicht ihm ein Handtuch zum Abtrocknen.*
Das Eintreffen der Polizei riss mich aus meinem Wahn. Sie wollten alles Mögliche von mir wissen. Ich zeigte zum vierten Stock hoch und sagte: „Da oben hat er gewohnt."
In der Wohnung darunter bewegte sich ein Vorhang. Es war die Wohnung von Frau Mooskop.
Enis' Körper wurde in einem Metallsarg abtransportiert. Auf dem Gehweg blieben nur ein paar verwaschene braune Flecke zurück. Es war fast so, als sei nie etwas geschehen. Dass es aber doch geschehen war, hatte sich dann bis zum Abend im ganzen Haus herumgesprochen.

Priscilla klingelte um sieben Sturm an meiner Tür. „Weißt du schon …?" Ja, ich wusste schon … leider, und die Bilder gingen mir einfach nicht mehr aus dem Kopf.
„Die Rauhaar sagt, er hat sich von seiner Dachterrasse runtergestürzt. Selbstmord."
„Aber warum?" Ich bat Priscilla herein.

Sie ließ sich auf mein Sofa fallen. Ich dachte nicht, was ich sonst gewöhnlich dachte, dass man nachher einen Haufen Hundehaare auf dem dunklen Samt sehen würde. Ich vergaß auch, Priscilla etwas zu trinken anzubieten. Ich vergaß einfach alles. Ich war ziemlich durcheinander.
„Im Treppenhaus hab ich mit Zimmermann geredet. Er war völlig fertig, hatte sogar Tränen in den Augen. Er meinte, der Tod von Enis fiele auf das Haus zurück. Auf uns alle. Niemand habe wahrgenommen, wie unglücklich Enis war, und fast jeder hier drinnen hätte noch ein Leid hinzugefügt. Jeder von uns müsse sich fragen, ob er es nicht hätte verhindern können."
Ich biss mir auf die Lippe und schwieg. Ich brachte nichts heraus. Ich spürte nur einen Klos im Hals, der immer härter wurde, schon schmerzte. Dann heulte ich los.
Priscilla legte einen Arm um mich.
„Entschuldige", stammelte ich nur.
„Ruhig. Ganz ruhig. Sogar Zimmermann sind die Tränen gekommen. Und ich wein vielleicht später noch. Ich muss mir nur vorstellen, Boris und Churchill wäre so was passiert. Von der Terrasse runtergefallen ..." So hießen Priscillas Chihuahuas, Boris war eine Abkürzung für Boris Johnson.
Mein Geheul stoppte. Ich konnte mich gerade noch beherrschen, nicht in irres Gelächter auszubrechen. Ich war mit den Nerven fertig.
Als Priscilla wieder fort war, wünschte ich mir einen Moment lang auch ein Tier in meiner Wohnung. Vielleicht einen Haushasen. Hasen sind Vegetarier und stinken fast nicht. Es hätte jetzt etwas ungemein Beruhigendes gehabt, wenn so ein Wesen hier herumwuselte, das Wärme aus-

strahlt, von nichts Schlimmem weiß, unschuldig in den Tag hinein frisst, schläft, lebt.

Bis tief in die Nacht hinein hielten mich Grübeleien wach. Sie hatten mit meiner Arbeit über das Gedächtnis von Orten und Gegenständen zu tun. Es gibt da eine Annahme: Ein Ort, also auch ein Haus wie das unsere, speichert alles, was in ihm geschieht. Nicht nur jede Handlung, auch jedes Gespräch, jeden Gedanken, jedes Gefühl. Und es gibt abenteuerliche Theorien von Physikern, in was für einem physikalischen Feld alle diese Informationen verschlüsselt werden. Durchaus seriöse Hypothesen, vorgebracht von Forschern wie dem berühmten Einsteinschüler David Bohm.
Jeder von uns kann mehr oder weniger das Gespeicherte spüren. Wir haben alle diese Fähigkeit. Heftige Gefühle und Wiederholungen prägen sich einem Ort besonders ein und sind auch von uns stärker wahrnehmbar. Ist an einem Ort etwas Schreckliches geschehen, so kann es gut sein, dass wir uns an dem Ort bedrückt fühlen. Manche haben nur ein ganz undeutliches, mulmiges Gefühl. Ganz wenige sehen sogar im Geist vor sich, was konkret an diesem Ort passierte.
An dem Abend fragte ich mich, ob wir vielleicht in einem Haus wohnten, das die Einwohner bedrückt, und einen von ihnen derart, dass er sich aus dem fünften Stock gestürzt hat.
Im Haus wohnten lauter Singles in kleinen Wohnungen. Ein Teil junge Leute, die in die Berufswelt mussten und Ängste ausstanden. Ein anderer Teil ältere Menschen, die sich nichts Besseres leisten konnten und einsam waren.

Das heißt, das Thema der Einsamkeit wiederholte sich Tag für Tag und auch die Ängste, es irgendwo in dieser Welt alleine schaffen zu müssen, wiederholten sich. Diese Gefühle sind sehr aufdringlich. Die Wände saugen sich voll damit und strahlen eine zähe Bedrückung ab, die womöglich manche, mir fiel Marina ein, aggressiv machte und in einem Fall vielleicht sogar einen jungen Menschen in den Tod gestürzt hatte.

Am Samstagmorgen fühlte ich mich stark betäubt. Um doch noch schlafen zu können, hatte ich in der Nacht viel zu spät noch eine Schlaftablette geschluckt.
Ich hatte mich an dem Tag zum Wäschewaschen in einer der zwei Waschküchen im Keller eingetragen. Eigentlich war ich froh, dass ich gleich etwas zu tun hatte, etwas Alltägliches. Alltagsverrichtungen beruhigen; sie machen einem vor, das Leben geht weiter. Sogar nach der schlimmsten Zäsur. Enis' Tod war eine brutale Zäsur. Es fiel mir dennoch sehr schwer, gleich wieder zur Tagesordnung überzugehen, so zu tun, als sei nichts passiert. Enis stand mir immer wieder vor Augen. Wenn ich nicht gerade seinen leblosen Körper vor mir sah, musste ich an den lebendigen Enis denken, dessen Weg ich ab und zu im Treppenhaus gekreuzt und der mich immer höflich lächelnd gegrüßt hatte. Er war ein schöner junger Mann gewesen. Was Matt Reynolds in Blond war, war Enis El Agha in Schwarz. Enis war lediglich weniger trainiert als Matt, der im Ballett der Oper tanzte. Und Enis hatte nicht Matts gesunden Teint; er wirkte eher blass und seine Gesichtshaut ein bisschen teigig, so als vertrage er unser nördliches Klima nicht. Enis wollte nicht groß Kontakte im Haus, das

war allen aufgefallen. Ich überlegte, an was allem er gelitten haben konnte. Zieht man sich zurück, hat man eventuell eine Depression. Hatte er die Gräuel des Bürgerkriegs erlebt? Wirkten die unauslöschlich nach? War ihm in einem neuen Land alles zu fremd? Hatten seine Eltern für ihn entschieden, dass er sich in dem ihm völlig fremden Land eine Existenz aufbauen sollte? Glaubte er in einer Art Wahn oder Verzweiflung, sich dem nur durch Selbstmord entziehen zu können? War es das?

Während ich noch über Enis' Tod nachgrübelte, hörte ich Marco Bentivoglio und Marina Dunst in der Waschküche nebenan reden. Wahrscheinlich war es Bentivoglios Waschtag und Marina fragte ihn, ob sie auch waschen konnte. Sie tat das regelmäßig und bat Bentivoglio auch sonst ständig um Gefallen. Bentivoglio sagte nie Nein. Er galt allgemein als hilfsbereit. Vielleicht lehnte er auch nur aus Schwäche kein Ansinnen ab ...

Ich war gerade dabei, die Maschine mit Schmutzwäsche zu füllen, stellte sie aber nicht gleich an, sondern horchte, weil die Stimmen nebenan so alarmierend laut wurden.

„Du spinnst!", rief Marina. „In unserem Haus wird doch niemand umgebracht!"

„Wenn es ein IS-Mann war, dann haben die ihn vom Dach gestürzt und es wie Selbstmord aussehen lassen."

Ich hörte etwas wie „Pffffft" und stellte mir vor, wie Marina Dunst Marco Bentivoglio den Vogel zeigte. „Wer soll das gewesen sein?", blaffte Marina wieder so laut, dass es geradezu herüberschallte.

„Na, die Geheimdienste, ein westlicher Geheimdienst." Bentivoglios Stimme wurde leiser und klang zittrig. „Haben ihn aufgespürt und neutralisiert."

Marina sprach in einem Schwall, als hätte sie zuerst Luft geholt, und schrie dann los: „So ein Quatsch. Der Staat hier ist doch viel zu zahm. Terroristen kommen hier nicht hinter Schloss und Riegel … die kriegen Bauspardarlehen …“

Den Rest konnte ich nicht verstehen, weil sie auf einmal verschwörerisch leise sprach. Dann wieder laut: „Für mich ist der Fall abgeschlossen. Ich will nichts mehr davon wissen. Enis‘ Tod geht mir so was von am Arsch vorbei.“

Irgendetwas rumpelte, ich hörte Türenschlagen, Schritte. Zum Glück war meine Waschküchentür zu. Ich wartete reglos, wagte kaum zu atmen.

Ich habe die Maschine erst angeschaltet, als alles ganz still war und nur noch die Tauben vor dem Kellerfenster gurrten. Die pickten dort die Krümel auf, die von Frau Mooskops Fenstersims herunterfielen. Die Mooskop fütterte bei sich den ganzen Tag die Tauben.

Was ich gehört hatte, machte mir Angst. Nicht, dass ich Enis für ein IS-Mitglied hielt, mit allen Folgen, die das für uns hier drinnen haben konnte. Es war die Rohheit Marinas, die mich erschreckte. Wäre jemand, der so wenig Empathie für andere empfand, dem, um es genauer zu formulieren, der Tod eines Nachbarn *am Arsch vorbeiging*, nicht auch irgendwann zu schlimmeren Übergriffen fähig als zu bloßen Verbalattacken?

Und nicht nur das machte mir Angst. Samstags herrschte normalerweise viel Betrieb im Haus, ein Kommen und Gehen. An diesem Samstag war aber das Haus wie ausgestorben. Nicht einmal Boris Johnson und Churchill bellten.

Da ich mich wie gesagt mit Paranormalem und nebenbei auch mit Geistern beschäftige, drängte sich mir die Vorstellung auf, dass Enis nach seinem Tod – in welcher Form auch immer – noch im Haus umherwandelte, die Einwohner das diffus spürten und sich so jeder vor dem Unheimlichen, dem Unbegreiflichen in seinen eigenen vier Wänden verschanzte. Auf jeden Fall waren die Verzweiflung und die Ängste noch gegenwärtig, die Enis ausgestanden haben musste, um eine so schwerwiegende Entscheidung zu treffen. Sie hingen in der Luft, sie hüllten das Haus in eine Todeswolke, machten es zu einem Totenhaus. Und zumindest das konnte wohl jeder spüren.

Am Sonntag stellte sich dann heraus, dass Enis vor seinem Tod ganz andere als die von mir angenommenen Ängste ausgestanden haben musste.

Die Polizei kam ins Haus, klingelte an jeder Tür, befragte uns alle.

Enis El Agha hatte Prellungen am ganzen Körper und Würgemale am Hals gehabt, die er sich nicht selbst hätte beibringen können. Es sah nach einem Kampf aus. Jemand hatte ihn aller Wahrscheinlichkeit nach übers Geländer seiner Terrasse gestürzt, oder es war im Handgemenge einfach passiert.

Wir waren von einem Totenhaus, wie es aussah, zu einem *Mörderhaus* avanciert. Und das Verbrechen hinge hier nach meinen Annahmen fortan in der Luft, würde sich nicht mehr aus den Mauern lösen.

Das war noch schlimmer. Neben dem Tod haftete dem Haus nun auch noch etwas Böses an.

Die zwei Polizisten, die mich im Treppenhaus vor meiner Wohnung befragten, waren freundlich. Sie wollten wissen, ob ich Enis gekannt und irgendetwas Ungewöhnliches im

Haus beobachtet hatte. Als ich beides verneinte, wollten sie nicht mehr viel von mir. Ich hatte den Eindruck, sie hielten mich für unverdächtig. Sie fragten mich noch, ob ich wisse, wann Herr Zimmermann da sei. Ich sagte ihnen, dass Leonardo Zimmermann das Wochenende bei seiner geschiedenen Frau und seinen beiden Söhnen im Westend verbrachte.

Zimmermann hatte die Penthousewohnung schon lange vor seiner Scheidung gemietet. Es wurde im Haus gemunkelt, dass er dort seine Geliebte traf. Niemand hat aber je diese Geliebte gesehen. Entweder war sie ungemein diskret oder es gab keine Geliebte und Zimmermann wollte einfach irgendwo Ruhe vor seiner Familie haben. Nach der Scheidung hatte Zimmermann die Villa im Westend seiner Familie überlassen und war ganz in unser Haus gezogen. Er lebte hier nun schon ein Jahr fest, und es schien ihm zu gefallen. Seine monatlichen Aperitif-Einladungen haben das Haus-Klima bedeutend verbessert. Die Abende bei Zimmermann waren nicht nur ausgelassen, sie hatten etwas Familiäres. Man fühlte sich nach einer Einladung bei ihm mehr zu Hause im Haus, zugehörig. Das Haus erhielt etwas Heimeliges, zumindest für eine kurze Zeitspanne danach. Ich hoffte, diese Einladungen würden nach dem erschreckenden Tod von Enis nicht ausgesetzt. Ich gebe zu, es war taktlos von mir, das zu hoffen. So ist der Mensch, er kann ohne Weiteres in einer Schreckens-, einer Trauersituation an ein Vergnügen denken; vielleicht nur, um nicht unterzugehen.

Im Hintergrund ging Matt Reynolds vorbei, die Treppe hinunter. Er nahm nie den Aufzug. Die Polizisten drehten

sich um. Matt hob die Hand zum Gruß und ging weiter. Anscheinend hatten die Polizisten Matt schon befragt.
Die Polizisten verabschiedeten sich von mir und gaben mir eine Karte mit einer Nummer, die ich anrufen sollte, wenn mir etwas einfiele, etwas, das ich gesehen oder gehört hätte und das hilfreich für die Aufklärung des Verbrechens sein könnte.
Als ich wieder alleine in meiner Wohnung war, fragte ich mich, ob Matt wirklich so bleich gewesen war, mit so dunklen Ringen um die Augen, oder ob die Neonbeleuchtung im Treppenhaus ihn so ungesund aussehen ließ.
Matt hatte es eilig gehabt. Als wollte er nur raus aus dem Haus. So fühlte ich mich jetzt auch. Ein Verbrechen war im Haus geschehen. Das Haus war noch nie ein kuscheliges Heim gewesen und nun schon gar nicht mehr. Klar, dass man sich an einem solchen Ort nicht mehr wohlfühlte und schon gar nicht mehr alleine wohlfühlte. Ich rief deshalb gleich Priscilla an. Ich musste mit jemandem reden, und ich wollte auch wissen, was die Polizei sie gefragt hatte.
Die Polizei hatte Priscilla unter anderem Fragen über die restlichen Bewohner gestellt. Priscilla hatte geantwortet, dass man im Haus nicht viele Kontakte untereinander hatte, sie engeren Kontakt eigentlich nur zu mir pflegte. Und dass man sich ansonsten privat nur bei Zimmermann einmal im Monat zum Aperitif traf. Dass wir einander im Haus nur flüchtig kannten, wunderte die Polizisten nicht. Das war in den meisten Mietshäusern so. Alle waren so mit sich selbst beschäftigt, dass Einladungen von Nachbarn eine Seltenheit waren. Man lud ja nicht einmal mehr Arbeitskollegen oder Freunde ein. Gewundert hat sie aller-

dings Zimmermanns Gastfreundschaft. Die fiel aus dem Rahmen in unserer müden Zeit.
Als Priscilla vorschlug, zu mir zu kommen, um das schreckliche Vorkommnis zu bereden, war ich erleichtert. Unter normalen Umständen hätte ich an meinem Manuskript über das Gedächtnis von Dingen und Orten weitergeschrieben. Daran war aber heute nicht zu denken. Ich konnte mich nicht konzentrieren, konnte nicht zur Tagesordnung übergehen. Ich war verstört, verängstigt.
Priscilla kam nicht alleine, sie war in Begleitung der Rauhaar. Was mir sonst aufdringlich erschienen wäre, einfach ohne Anmeldung bei mir hereinzuschneien, kam mir heute gelegen. Je mehr Personen zu mir kamen, umso sicherer fühlte ich mich. Ich freute mich sogar, dass Priscilla an die Rauhaar gedacht hatte; die Rauhaar war bekannt dafür, dass sie überall im Haus herumschnüffelte, wahrscheinlich ungemein viel Zeit hinter dem Spion ihrer Wohnungstür verbrachte und womöglich unverhohlen im Treppenhaus an den Türen horchte. Sie arbeitete zwar hier und da noch, nahm Verbesserungsarbeiten an, um ihre Rente aufzubessern, ihr war aber häufig langweilig ... Wenn wir uns im Treppenhaus über den Weg liefen, erzählte sie mir sofort den neuesten Klatsch aus dem Haus. Sie wusste einfach alles, was hier drin los war.
Der Sonntagnachmittag war gerettet. Ein Funken Gemütlichkeit kehrte zurück, als ich den beiden auf dem Sofa Kaffee und Zitronenkekse servierte. Bücher und Papiere hatte ich so zur Seite geschoben, dass die beiden gerade Platz hatten und auch auf dem Fußboden nicht über Bücher und Zettelhaufen steigen mussten.

Die Rauhaar trug ein schwarzes T-Shirt mit Spitzenkragen, einen engen weißen Rock, und grellroten Lippenstift. Sie brachte es fertig, sich in wenigen Minuten in Schale zu werfen. Sie sah immer gut aus; die billigste Kleidung konnte sie so drapieren und kombinieren, dass es geschmackvoll aussah. Ein bisschen berührte mich ihre Aufmachung seltsam; sie schien das hier womöglich als Auftritt anzusehen. Priscilla schien Ähnliches zu überlegen, sie musterte die Rauhaar rätselhaft lächelnd.

Zuerst erklärte jede gefühlvoll und ausführlich, wie sehr sie das Verbrechen schockiert hatte. Es war die obligate Einleitung. In so einem Fall konnte man nicht unmittelbar zum Tratsch übergehen. Erst als wir minutenlang unseren Horror ausgebreitet hatten, stellten wir uns die ersten Fragen.

„Was glaubt ihr, wer es getan hat?“ Ich hielt Priscillas Frage zunächst für überflüssig. „Jemand von draußen oder jemand aus dem Haus?“ Als ich den Nachsatz gehört hatte, erschien mir die Frage allerdings nicht mehr so dumm.

Die Augen der Rauhaar weiteten sich. „Genau das habe ich mich auch gefragt. Und ich tendiere zu jemandem *aus dem Haus*.“ Die Rauhaar klang vollkommen überzeugt, als wäre das alternativlos.

„Aber wir kennen doch Enis praktisch nicht. Mehr als im Treppenhaus Hallo gesagt, hat niemand von uns. Wer sind seine Freunde, wer sind seine Feinde, woher sollen wir das wissen?“

„Er war noch nicht lange hier. Und er war schüchtern. Viele Freunde kann er nicht gehabt haben“, warf Priscilla ein.

Die Rauhaar glühte. „Genau! Und Feinde, die hatte er hier im Haus.“
Ich musste daran denken, wie hässlich sich einige über Enis während der Party geäußert hatten. Aber war das schon verdächtig?
Wir blickten die Rauhaar an.
Sie lächelte, genoss es, kostete unsere Aufmerksamkeit aus. „Ihr habt ja wohl mitbekommen, dass Jean immer wieder Ramona mobbt …“
Ich zuckte mit den Schultern. Was hatten Jean und Ramona mit Enis zu tun?
„… Ramona ist schwarz …“
Ich korrigierte: „Mulattin.“ Ramona war aus Sao Paolo.
„… und Jean ist Rassist“, fuhr die Rauhaar unverblümt fort. Jean hatte sich ihr gegenüber anscheinend beklagt, dass *solche Leute* wie Ramona im Haus wohnten. Wenn noch mehr *solche* einzögen, würde das Haus asozial, war, so die Rauhaar, sein Fazit.
Priscilla verzog den Mund. „Ich bin mir nicht ganz sicher, ob Jean Ramonas Hautfarbe stört. Es kann auch ihre Bardamen-Vergangenheit sein, ihre vulgäre Kleidung.“
Die Rauhaar wedelte mit der Hand, als fächle sie Priscillas Beitrag weg, und fuhr ungerührt fort: „Wisst ihr noch, wie er Ramona Hundedreck vor die Tür gekippt hat? Nur ganz wenig, sodass sie es nicht gleich bemerkt, aus Versehen reintritt und den Gestank bei sich in der Wohnung und im ganzen Treppenhaus verbreitet. Ich habe ihn dabei beobachtet!“ Die Rauhaar hatte uns die Geschichte damals haarklein berichtet. Sie war quasi stolz gewesen, Jean bei so einer Frechheit ertappt zu haben.

Ich fand die Geschichte unglaubwürdig. Es war einfach zu kindisch.
Die Rauhaar wollte uns auch weismachen, dass Jean Ramona regelmäßig herabsetzte. Dass er sie wiederholt in der Waschküche demütigte, darüber hätte Ramona sich sogar bei ihr höchstpersönlich weinend beklagt. Wenn Ramona wusch, sei Jean öfters in die Waschküche gekommen und habe geschimpft, wie dreckig es dort sei. Er habe Ramona dann im Befehlston angeherrscht: *Jetzt wisch mal schnell den Boden auf und leer endlich das Flusensieb.* Jean habe Ramona wie eine Putzfrau behandelt, wo es doch Aufgabe des Hausmeisters war, die Böden zu reinigen und die Maschinen zu säubern.
Ich konnte mir schwer vorstellen, dass das stimmte. Insbesondere konnte ich mir nicht vorstellen, dass Ramona sich der Rauhaar anvertraut haben sollte. Die beiden hatten kaum etwas miteinander zu tun. Schon kleidungsmäßig war die eine das Gegenteil der anderen.
„Ich verstehe immer noch nicht, was Jean und Ramona mit Enis zu tun haben“, bemerkte Priscilla vorsichtig.
„Aber das ist doch sonnenklar! Kannst du Schwarze nicht leiden, hasst du auch Muslime.“ Die Rauhaar machte eine Pause, um uns Gelegenheit zum Begreifen zu geben. „Wer Rassen verachtet, hat auch mit anderen Religionen ein Problem. Das geht meist Hand in Hand.“
„Sie meinen, wer eine dunkelhäutige Brasilianerin provoziert, der ist auch imstande, einen muslimischen Syrer zu töten?“, fragte ich vorsichtig.
Die Rauhaar schlürfte nachdenklich Kaffee in den Mund. „Ich habe mir da so meine Gedanken gemacht.“
Aha.

„Jean ist fast vierzig und lebt vom Vermögen seiner Eltern. Er hat noch nie gearbeitet. Die Leute piesacken ihn deshalb immer wieder, und daher ist er dauerfrustriert. Er kommt sich wertlos vor, und doch kann er aus irgendeinem Grund keiner Arbeit nachgehen. Statt die zu hassen, die ihn quälen, weil sie keinen anderen Lebensentwurf dulden, hasst er Menschen, die von denselben Leuten noch mehr verachtet werden, die auf einer vermeintlich noch tieferen Stufe stehen als er selbst. Und an denen lässt er seinen Frust aus."

Es erstaunte mich, was die Rauhaar da zusammentheoretisierte und wie sie es formuliert hatte. Es war für sich genommen ziemlich stimmig. Nur passte es meiner Ansicht nach weder auf Jean, noch stand Enis El Agha auf einer tieferen Stufe als Jean. Enis hat Medizin studiert, seine Eltern schienen wohlhabend zu sein ...

Priscilla konnte Rauhaars Äußerungen etwas abgewinnen. „Sie meinen, Jean ist nach Jahren des Dauerfrusts einfach ausgerastet, wie es in den USA immer wieder passiert? Ein frustrierter Arbeitnehmer steckt nach Feierabend stundenlang im Stau, die Wut schäumt über, er steigt aus und schießt wahllos in die Wagen neben ihm, tötet Leute, die er nicht einmal kennt ..."

Die Rauhaar nickte in Zeitlupe, sodass es bedeutungsschwanger aussah. „So ähnlich …", räusperte sie sich.

Das ist doch an den Haaren herbeigezogen, dachte ich, schwieg aber. Ich wollte die Rauhaar nicht kränken. Um die Unterhaltung aus der Sackgasse zu manövrieren, lenkte ich die Aufmerksamkeit von Jean weg. „Bei Zimmermann zogen ja so einige über Enis her. Nicht nur Jean. Erinnert ihr euch, was Marina über Enis sagte?", bemerkte ich laut.

Noch im Nachhinein bekomme ich eine Gänsehaut, wenn ich zurückdenke, wie hasserfüllt sich Marina damals über Enis ausließ. Und das, ohne ihn eigentlich zu kennen …

„Ist sie deshalb schon verdächtig? Jemanden zu hassen und jemanden umbringen, da liegen Welten dazwischen …"

Sofort unterbrach mich die Rauhaar, bevor ich noch weitere Ausführungen machen konnte. „*Sie* hat Enis als Asylanten bezeichnet. Enis war für Marina jemand, der sich vom Staat Leistungen erschleicht. Und der Gipfel ist: Sie hat Unterschriften gesammelt, um Enis aus dem Haus zu mobben." Die Rauhaar machte eine Wirkungspause. „Da sind wir also bei meiner Verdächtigen Nummer zwei."

Priscilla schmunzelte. Marina gefiel Priscilla offensichtlich als Verdächtige; Marina hatte schließlich ihre Lieblinge, Boris und Churchill, und damit sie selbst persönlich angegriffen.

„Marina tat gerade so, als sei sie die Steuerzahlerin, die Enis' Miete finanziert", triumphierte die Rauhaar.

„So ist sie", schmunzelte Priscilla, „sie bezieht immer alles auf sich."

Die Rauhaar fuhr unbeirrt fort: „Sehen wir uns also Marina genauer an. Marina ist gegen alle hier drin aggressiv und sie ist ausländerfeindlich. Sie hackt ständig auf Jean herum, bezeichnet ihn als Nichtsnutz, der nichts verdient, und auf Ramona schimpfen sie gemeinsam. Marina hat auch mich neulich wieder gegen Ramona aufwiegeln wollen; sie meinte, dass in unserem Haus keine Prostituierte wohnen dürfte, sie sich ekle, in derselben Waschmaschine zu waschen wie Ramona – wer wisse, was die für Sexualkrankheiten

habe –, und dass Ramona sicher auch mit Drogen handle. Und Marina wollte, dass wir es der Verwaltung stecken."
Priscilla kicherte. „Marina verpetzt gerne Leute. Mich wollte sie schon mal beim Tierschutz anzeigen. Dabei sind ihr die Hunde scheißegal. Sie weiß, wie wichtig die Hunde für mich sind. Ich habe keine Familie. Boris und Churchill sind meine Familie. Und deshalb wollte sie mir die Hunde, das Liebste, wegnehmen." Sie holte Luft. „Man muss es so sehen: Marina sucht sich eine Schwachstelle und haut rein. Die Hunde sind meine Schwachstelle. Wenn sie mir jemand wegnimmt, geh ich drauf."
Ich kannte Marinas Verhalten nur zu gut, schließlich war ich mit ihr kurze Zeit befreundet gewesen. Weil sie mich bei jeder Gelegenheit herabsetzte, habe ich die Freundschaft aufgekündigt. Sie muss begriffen haben, dass ich ein schlechtes Selbstbewusstsein habe und in die Kerbe hat sie geschlagen. Was ich tat, war dümmlich, meine Forschungsarbeit war verstiegen, selbst meine Kleidung kritisierte sie. „Was trägst du für eine billige Fahne", sagte sie immer, wenn ich ein Kleid trug, was selten genug vorkam. Marina war eindeutig ein Biest. War sie aber deshalb schon tatverdächtig?
Die Rauhaar schluckte genüsslich einen Keksrest. „Ja, das Herumreiten auf Schwachstellen anderer macht ihr Spaß: Wenn Marina mich anspricht, sagt sie immer irgendwann: Wenn man so alt ist … Wahrscheinlich meint sie, das juckt mich, weil ich mich trotz meines Alters schick kleide und dazu noch schminke. Da denkt sie wohl, ich will dem Alter entfliehen, es sei mein schwacher Punkt. Und manchmal guckt sie mich so scharf an, dass ich Angst kriege, Blitze schießen aus ihren Augen." Die Rauhaar lachte auf. „Was

ich euch noch nicht erzählt habe: Marina wollte auch die Mooskop anzeigen. Ihr das Sozialamt auf den Hals hetzen. Die Mooskop verwahrlose in ihrer Wohnung, sei ein Messie, man könne sie nicht mehr alleine leben lassen, sie müsse in die Betreuung."

Priscilla lebte auf, ihre Wangen wurden ganz rot. „Die Mooskop tut niemandem was! Das Einzige, was sie möchte, ist, in Ruhe gelassen werden und die Tauben füttern. Sie ist alt und sie hat niemanden; keine Freunde, keine Verwandten. Ich habe noch nie jemanden zu ihr kommen sehen. Ihre Wohnung ist ihr Ein und Alles, ihr sicherer Rückzugsort. Sie möchte unter allen Umständen in ihren gewohnten, sicheren vier Wänden bleiben. Und gerade das hat Marina gewittert und will, dass eintritt, wovor die Mooskop am meisten Angst hat: dass sie aus ihrer Wohnung gewiesen wird, in ein Heim."

Die Rauhaar verschluckte sich und hustete eine Weile. Dann setzte sie mit heiserer Stimme an: „Eigentlich hackt Marina immer auf Schwächeren herum. Da kann sie draufhauen, und es kommt nichts zurück. So ist es einfach nur befriedigend für sie. Eine schöne Erfahrung."

„Sie braucht es", stimmte Priscilla ein.

Diesen Schluss hatte ich auch schon gezogen. Als wir noch befreundet gewesen waren, hatte Marina mir vom Hass auf ihre Mutter erzählt. Ihre Mutter hatte sie ständig kritisiert. Sie konnte ihr nie etwas recht machen. Marina konnte nichts, sie war nichts, sie würde es nie zu etwas bringen. Einmal war sie von ihrer Mutter so geschlagen worden, dass sie mit zwei blauen Augen ins Krankenhaus kam. Marina war damals die Schwache gewesen, sie hatte sich als Kind nicht wehren können. Niemand hatte die Mutter damals angezeigt. Der Vater hatte sich einfach rausgehalten: *Die Erziehung ist deine Sache*, hatte er immer zu seiner Frau gesagt ...

Wir hatten eine Menge über Marina zusammengetragen. Ich sagte meine Meinung: „Marina mag ein aggressives Biest und ausländerfeindlich sein, aber Enis verprügeln, würgen und über die Brüstung stürzen … das ist doch etwas anderes."

Priscilla kommentierte trotzig: „Kräftig genug wäre sie dafür."

„Und gibt's Ihrer Meinung nach sonst noch Verdächtige, Frau Rauhaar?", fragte ich fast schon spöttisch, da ich das Gefühl hatte, als hechelten wir bald alle Hausbewohner durch und jeder käme infrage.

Die Rauhaar nahm meinen spöttischen Unterton anscheinend nicht wahr und antwortete begeistert: „Hochinteressant war die Befragung der Wistlers."

„Sie waren dabei, als die Polizei die Wistlers befragte?" Priscilla zog die Brauen hoch.

Die Rauhaar lächelte und wurde leicht rot um die Backenknochen. Sie klang ein klein wenig stolz: „Ich stand oben im vierten Stock, und zwei Stock tiefer befragte die Polizei die Wistlers … Ich stand so weit vom Treppengeländer entfernt, dass sie mich nicht sehen und ich alles hören konnte." Ich wunderte mich, dass die Rauhaar vor uns ganz offen hinzufügte: „Das ist mein Beobachtungsposten. Wenn jemand kommt, verschwinde ich in den Raum mit den Sicherungen."

In dem Raum lagern die Putzutensilien des Hausmeisters. Wir nennen den Raum auch *die Besenkammer*.

„Frau Wistler ist sonst ja eher kurz angebunden. Beide tun immer so überlegen ... Da hat mich das Verhalten der Wistler ziemlich gewundert: So hab ich die Wistler jedenfalls noch nie gehört. Sie heulte, fast würd ich sagen winselte, der Polizei etwas vor. Wie schlimm der Vorfall sei, dass sie so etwas noch nie erleben musste. Unser Haus sei ein unbescholtenes Haus, hier wohnten nur ordentliche Leute. Sie hat doch glatt die Polizei gefragt, ob sie überhaupt ohne Gefahr hier wohnen bleiben konnten." Die Rauhaar lachte kurz auf. „Ausgerechnet die Wistler …"

„Wieso ausgerechnet die Wistler?"

„Na, sie handelt mit Drogen! … Er verdient ja nichts."

Ich war baff. „Woher wollen Sie das wissen?"

„Ich beobachte es schon seit Jahren. Immer wieder kommen andere Personen zu ihnen, bleiben grade mal fünf Minuten, und gehen dann wieder."

„Aber das muss nicht bedeuten, dass …"

Die Rauhaar schnitt mir das Wort ab: „Erwischt hab ich die Wistler im Park. Zufällig hab ich gesehen, wie sie einem der Nordafrikaner was abgekauft hat. Ich nehme an, sie kauft dort den Stoff und verkauft ihn zu Hause teurer weiter. Vielleicht verschneidet sie ihn noch …"

Priscilla leuchtete das sofort ein. „So was habe ich mir auch schon gedacht …"

„Und die Wistlers könnten also auch Enis umgebracht haben, meinen Sie, Frau Rauhaar?"

„Für direkt verdächtig halte ich sie noch nicht. Aber sie sind nicht ohne ... *Sie* hat Dreck am Stecken … Er macht einfach alles mit, der Arme, und muss sie bedienen, weil er kein Geld hat." Aus der Rauhaar sprudelte es nur so heraus. „Und wisst ihr, was ich noch beobachtet habe?"

„Aus der Besenkammer?“, musste ich bemerken.
„Genau. Ich stand am Türspalt und da hab ich doch glatt Matt Reynolds gestern Abend im Vierten aus dem Aufzug kommen sehen ...“
„Aber Reynolds wohnt doch im Dritten?“
„... Da sah ich ihn also *im Vierten* aus dem Aufzug steigen, und wisst ihr was? Er stellte sich vor Enis‘ Tür und flennte. Seine flache Hand lag auf der Tür, als wollte er sich dort festhalten. Und dann hat er die Tür gestreichelt!“
Ich setzte mich kerzengerade auf. „Mann. Das erzählen Sie erst jetzt? Das ist ja wirklich verdächtig.“
Die Rauhaar winkte energisch ab. „Quatsch. So ein schöner Junge. Der könnte doch nie ... Nein, das wäre viel zu hässlich. Niemals.“
„Die zwei hatten vielleicht was miteinander“, rief Priscilla. „Ein Verbrechen aus Leidenschaft.“
„Reynolds ist viel zu zart, zu schön, zu höflich für so was. Für den leg ich meine Hand ins Feuer“, bekräftigte die Rauhaar eindringlich.
Wir kamen nicht weiter, daher fragte ich in die Runde: „Also jetzt ist es dann bald jeder hier drin gewesen, wer ist dann noch unschuldig?“
„Na, wir drei!“ Die Rauhaar prustete Kekskrümel über den Sofatisch. Priscilla wischte sich rasch etwas von der Backe, sodass es nicht auffiel.
„Die Feldner-Schwestern sind auch harmlos“, zählte Priscilla weiter auf. „Und Marco Bentivoglio ...“
Die Rauhaar befeuerte auf einmal explosive Energie. „Ha! So harmlos ist der nicht. Für den war Enis ja sogar beim IS! Immer schön höflich und unterwürfig und dann seinen Hass rauslassen, sein wahres Gesicht zeigen. Ist ja anstren-

gend, sich immer zu verstellen, da kann man dann schon mal ausrasten."

„Bentivoglio bitten immer alle um Gefallen und er sagt nie *Nein*", wusste auch Priscilla.

„Und die Feldners sind auch nicht so reizend, wie sie tun", fuhr die Rauhaar energisch fort. „Die haben dem Enis schöne Augen gemacht. Wollten ihn verführen, die Luder. Diese Araber sind schöne Männer. Da haben sie einen im Haus und wollen ihn prompt vernaschen. Sexsüchtig sind die …"

Ich besänftigte die Rauhaar und fügte in leisem Ton an: „Schöne Augen machen ist ja noch kein Verbrechen."

Priscilla klatschte sich auf die Schenkel. „Wisst ihr, wen wir vergessen haben?" Sie wartete auf unsere Reaktion. Mir fiel absolut niemand ein. „Zimmermann!"

„Der liebe Zimmermann", seufzte die Rauhaar.

„So lieb vielleicht auch nicht", bemerkte Priscilla, und irgendetwas knirschte zwischen ihren Zähnen. „Geschieden, und hat die Wohnung hier für sich und seine Geliebte gemietet. Äh, Frau Rauhaar, haben Sie mal die Geliebte gesehen?"

„Nicht, dass ich wüsste", kam es wie aus der Pistole geschossen.

„Warum hat er dann die Wohnung hier im Haus gemietet?", fragte Priscilla mehr sich selbst als uns.

„Ich kann mir vorstellen, dass der Haussegen bei ihm schon länger schief hing. Er sich beizeiten auf den Absprung vorbereitet hat. Seine Frau ist sicher eine Megäre, und die Kinder sind womöglich ein Gräuel", erklärte die Rauhaar mit einem Schafslächeln.

„Dass er sie dann jedes Wochenende besucht …?“, fragte sich Priscilla. „Zumindest hat er das rumerzählt.“
„Vielleicht steht er unter Druck. Hat irgendwie doch ein schlechtes Gewissen. Also ich kann verstehen, dass man seine Familie verlässt, wenn die einen nur noch piesackt.“
Und ich konnte auch verstehen, dass so ein Schritt lange Vorbereitung braucht.
„Wir wissen zu wenig über Zimmermann“, bedauerte Priscilla.
Rauhaars Augen leuchteten auf wie Scheinwerfer. „Sonntags kommt er immer um sieben abends zurück. Das hab ich auch der Polizei gesagt. Sie werden ihn dann sicher befragen. Ich muss bald meine Stellung im Treppenhaus einnehmen.“
Priscilla blickte mit Gefallen auf die Rauhaar; sie versprach sich bestimmt frische Informationen.
„Und wenn man Sie entdeckt?“ Ich war doch etwas besorgt.
„Ich geh schon um sechs rauf und nehm ein Gläschen Wein mit.“ Die Rauhaar lächelte selig. „Und ich hab nen Schlüssel und schließe von innen ab. Sobald ich was höre, stell ich mich mit dem Hörrohr an die Tür.“
„Hörrohr?“ Gab es so was noch?
„Trödelmarkt.“
Auch ich lächelte jetzt. Wenigstens war hier im Haus etwas los, das nicht nur tragische Züge trug, sondern auch die einer Komödie. Das Haus wurde wieder eine Spur lebendiger.
Als Priscilla und die Rauhaar fort waren, fühlte ich mich noch eine kleine Weile heimelig. Gegen sieben stellte ich mir die Rauhaar in der Besenkammer am Wein nippend

vor, und auch das beruhigte mich irgendwie. Nach acht beschlich mich aber schon wieder Ängstlichkeit. Ich machte mir Sorgen, nicht schlafen zu können. Und wenn man sich Sorgen macht, nicht schlafen zu können, dann kann man meistens auch nicht mehr schlafen. Nicht, dass ich mir Sorgen machte, dass jemand aus dem Haus Enis umgebracht hätte. Ehrlich gesagt, glaubte ich nicht an die Geschichten der Rauhaar. Die Leute im Haus erschienen mir zu harmlos, um einen Mord zu begehen. Ich konnte auch kein starkes Motiv bei ihnen ausmachen. In der Realität war es ja nicht so, dass sich Nachbarn wegen Kleinigkeiten umbrachten. *Kleine Morde unter Nachbarn* waren noch nicht der Normalfall. Die Rauhaar war eben sensationslüstern. Dass der Mörder im Haus sein könnte, gab ihr eine Lizenz, um Tag und Nacht die Einwohner zu bespitzeln. Das war wie eine neue Daseinsberechtigung. Und weil das Spionieren gefährlich sein konnte, erhöhte sich dabei ihr Adrenalinspiegel und ihr Gehirn schüttete Glückshormone aus. Sie nahm etwas an, das ihr gelegen kam, das ihr quasi Rauschzustände verschaffte. Ich machte mir also nicht wegen eines eventuellen Mörders in unserem Haus, sondern wegen etwas ganz anderem Sorgen:
Bei meinen Forschungen über das Gedächtnis von Dingen und Orten hatte sich ergeben, dass Ereignisse dramatisch-tragischer Art, wie etwa ernste Erkrankungen, Unfälle, Selbstmorde oder Morde, und die dabei erlittenen starken Emotionen sogar zu Spukerscheinungen führen können. Es geht dabei nicht um Verstorbene, die sich bemerkbar machen – ob es solche überhaupt gibt, vermag ich nicht zu sagen –, sondern um besonders kräftig imprägnierte Orte, stark imprägniert durch starke Gefühle, die mit Gewaltta-

ten verbunden sind oder mit besonders erschütternden Ereignissen. An solchen Orten sehen oder spüren einige Leute, also nicht nur besonders Sensitive, die Vergangenheit des Ortes in Form einer gespenstischen Erscheinung. Und *davor* hatte ich nun Angst. Im Haus war eine Gewalttat passiert, und diese Gewalttat konnte mich, da ich sehr sensibel war, als Spukerscheinung zu Tode erschrecken. Ich musste an einige der Fälle denken, die ich gesammelt hatte, legendäre Spukfälle dieser Art. Da gab es den Fall der Rocca di Montebello bei Rimini. Dort hat Azzurrina (Bläuchen), ein Kind mit blauen Haaren, in der Todesangst ihre Spuren hinterlassen. Azzurrina kam im vierzehnten Jahrhundert in der Burg als Albino mit vollkommen weißen Haaren zur Welt. Die Umgebung interpretierte das als teuflisch, und so färbten die Eltern ihre Haare, um sie vor dem Scheiterhaufen zu retten. Die Haare nahmen dabei die Farbe Blau an. Längere Zeit ließ man das Mädchen Azzurrina mit den blauen Haaren in Ruhe. Doch dann verschwand Azzurrina plötzlich. Schlosswachen hatten sie eben noch spielen sehen, dann hörten sie aus dem Keller einen fürchterlichen Schrei … Seit Hunderten von Jahren hört man nun Azzurrina immer wieder aus dem Keller schreien ... Die Literatur ist voll von Gespenstern, die an den Stätten von Mordtaten, Schlachten oder sonstigen Katastrophen umgehen. Montaperti in der Toskana – Schlacht vom 4. September 1260 – und Edge Hill – Schlacht vom 22. Oktober 1624 – gehören zu Orten regelmäßiger Geistererscheinungen über die Jahrhunderte hinweg. Auf einem Schlachtfeld bei Rom, auf dem die Römer 452 n. Chr. gegen Attila und die Hunnen gekämpft hatten, hätten, so wurde berichtet, die Geister noch nach

dem Ende der Schlacht drei Tage und Nächte weitergekämpft; von der Stadt in der Nähe des Schlachtfeldes hatten viele noch lange nach dem Ende der Schlacht den Lärm des Kampfes und der Waffen gehört.
Warum sollte mir also nicht auch der tote Enis irgendwo im Haus als Spukerscheinung begegnen? Vielleicht hatte sein Angreifer ihn bereits im Treppenhaus erwischt, ihm die Gurgel zugedrückt, und Enis hatte versucht, in Todesangst zu schreien, aber keinen Ton herausbekommen. Und so würde im Treppenhaus der tote Enis noch als paranormaler Eindruck herumgeistern. In meiner Wohnung müsste ich vor einem solchen Spuk eigentlich sicher sein, sagte ich mir, es konnte höchstens die Stimmung des Schrecklichen durch die Wände wabern. Das beruhigte mich aber kaum. Ich hatte, seit es dunkelte, eine ganz unvernünftige, kindliche Gespensterangst.
Normalerweise lasse ich die Rollläden nur im Schlafzimmer herunter. An dem Abend schloss ich aber auch den Rollladen im Wohnraum, als fürchtete ich, Enis könne aus der Dunkelheit zu mir hereingrinsen. Ich weiß nicht, warum ich ausgerechnet an grinsen dachte, wahrscheinlich weil in Horrorfilmen Monster öfters diabolisch grinsen. In unserer Fantasie bedienen wir uns eben aus dem Repertoire, das wir kennen, und ein größerer Teil davon stammt aus dem Fernsehen.
Bis drei Uhr konnte ich in der Nacht nicht einschlafen. Um drei war es zu spät, um noch eine Schlaftablette zu schlucken. Ich schlief dann doch kurz ein, um aber schon gegen vier wieder aufzuwachen. Da war ein Geräusch. Ein dumpfer Schlag. Ich fuhr hoch, knipste das Licht an. Was war das nur? Es klang, als sei ein schwerer Gegenstand auf

den Boden gefallen. Und es kam von irgendwoher über mir. Direkt über mir wohnten die Wistlers. Was taten die um die Zeit? Brachten die sich um? Als ich Schritte auf der Treppe hörte, brachte ich das Geräusch mit einer zuschlagenden Tür in Verbindung: Jemand hatte um vier Uhr nachts eine Wohnung in unserem Haus verlassen und eine Tür laut zugeschlagen. War das normal? Ging Enis im Treppenhaus um …? Was passierte jetzt? Die Fragen hielten mich bis zum Morgen wach.

Um fünf schien der Tag schon so hell durch die Rollladenritzen, dass ich mir den ersten Kaffee machte. Ich zog den Laden hoch und ließ kühle Luft ein. Ich lehnte mich aus dem Fenster, um in den blauen Himmel zwischen unserer und der gegenüberliegenden Fassade zu spähen. Die Welt erwachte in einen frischen Sommertag, und die Gespenster der Nacht waren augenblicklich verflogen.

Da die Rauhaar alles wusste, fragte ich sie, wer aus dem 2. Stock über mir nachts um vier das Haus verlassen haben konnte. Die Rauhaar wusste tatsächlich sofort Bescheid; sie hatte schon öfters mitten in der Nacht einen Schwarzafrikaner aus der Wohnung der Wistlers kommen sehen. Ihrer Ansicht nach war das ein Lieferant für größere Pakete von *Ware*. Im Park ein solches Paket abzunehmen, war zu gefährlich.

Was mich sonst entsetzt hätte, war für mich jetzt beruhigend. Das Kommen und Gehen in dieser Nacht hatte nichts Unerklärliches oder Schreckliches; es handelte sich um einen ganz gewöhnlichen Drogenhandel. Alles war also normal. Und tagelang blieb alles normal.

Schon in der dritten Nacht nach Enis‘ Tod konnte ich besser schlafen, hatte ich weniger Angst. Es ist erstaunlich, wie schnell menschliche Wesen zur Tagesordnung zurückfinden, wenn sie Zeugen einer schrecklichen Tat geworden sind, die nichts mit ihnen selbst zu tun hat. Das einzig Störende war der Traum, den ich hatte. Ich wusste aber nicht mehr, worum es darin ging. Es war nur eine üble Stimmung davon zurückgeblieben, Angst vor etwas oder jemand. Mein Kopfkissen und das Leintuch waren ganz nass gewesen.

Mit diesem Traum schien für mich allerdings die Verarbeitung des Schreckenserlebnisses abgeschlossen. Ich schlief wieder normal. Enis rückte aus meinem Fokus. Ich arbeitete besonders fieberhaft an meinem Manuskript. Nur ab und zu fiel er mir noch ein und verursachte mir dabei lediglich leichtes Magendrücken.

Das letzte Mal, dass wir über den Fall Enis sprachen, war am Montag gewesen. Die Rauhaar wollte unbedingt am Abend mit mir und Priscilla zusammenkommen, um über die polizeiliche Befragung Zimmermanns zu berichten, die sie von der Besenkammer aus verfolgt hatte. Ich hielt nicht wahnsinnig viel von Rauhaars Theoriegespinsten, sagte mir dann aber, dass es mit der Rauhaar zumindest unterhaltsam sein konnte, und dann hörten wir der Rauhaar am Abend bei Martinis auf Eis zu.

Ich war ziemlich überrascht, dass Priscilla der Rauhaar in der Besenkammer Gesellschaft geleistet und eigens einen zweiten Klappstuhl dort oben untergebracht hatte. Priscilla war eine glühende Fernsehguckerin; vielleicht hatte die Bespitzelung der Nachbarn etwas dem Fernsehen Vergleichbares. Vielleicht war es sogar noch besser; der Nervenkitzel war real. Jedenfalls hatten die zwei Polizisten

Zimmermann gefragt, wo er von Freitag auf Samstag gewesen war. Und Zimmermann hatte erwartungsgemäß seine Frau und seine zwei Söhne angeführt.
„Haben Sie Herrn El Agha näher gekannt?“
„Nein, leider nicht. Er schien ein netter junger Mann zu sein. Ich habe ihn mehrmals mit den anderen Bewohnern zusammen zum Aperitif eingeladen. Er kam aber nie. Er hat sich dafür aber immer entschuldigt ... Herr El Agha war eine sehr höfliche, ruhige, zurückhaltende Person, fast scheu …“ Und dann hatte Zimmermann doch glatt gesagt: „Er muss die Feindseligkeit einiger Bewohner gespürt haben und wollte vielleicht auch deshalb nicht zum Aperitif kommen. Ich glaube, er hatte Angst, angepöbelt zu werden.“ Und Zimmermann berichtete dann haargenau, wie Marina Dunst, Marco Bentivoglio und Jean Colomb zuletzt über Enis gelästert hatten. Die Polizisten wollten, dass er darüber mehr Ausführungen machte. Und Zimmermann berichtete, dass sie in dem Zusammenhang auf die bedrohliche Migration zu sprechen kamen, die Nordafrikaner, Syrer, Türken, Afghanen und so weiter, die unter dem Vorwand von Asyl unsere Sozialsysteme ausbeuteten. So leise, dass die Rauhaar und Priscilla es fast nicht mehr verstehen konnten, fügte er hinzu, dass heute mindestens vierzig Prozent der Bevölkerung so dachten wie einige hier im Haus, er selbst, Zimmermann, eine solche Haltung aber nicht teile. Diese Leute seien teils aus Kriegsgebieten geflohen, um sich und ihre Familien zu retten, Wirtschaftsflüchtlinge seien womöglich in der Minderzahl. Wieder lauter sagte Zimmermann dann, er könnte weinen, wenn er an diesen begabten jungen Mann denke, dessen Leben in

der Blüte abgeschnitten worden sei, und das womöglich aus einem ganz niedrigen Beweggrund, aus Rassismus.
„Ausländerfeindlichkeit“, verbesserte einer der Polizisten.
„Nennen Sie es, wie Sie wollen, wir meinen hier wohl dasselbe“, verteidigte sich Zimmermann. „Herr El Agha sah exotisch aus mit seinen blauschwarzen Haaren. Er hatte einen, wenn auch hellen, so doch fast … olivfarbenen Teint. Natürlich war er nicht schwarz ... Aber er wirkte jedenfalls nicht wie ein Nordeuropäer.“
Die Polizisten schwiegen.
Zimmermann fuhr fort: „Rassismus oder nicht, es geht doch immer um dasselbe. Da kommen Leute in unser Land, die von manchen nicht nur als fremd, sondern auch als minderwertig betrachtet werden. Sie sind schlechter ausgebildet, sie sind krimineller, sie sind in ihrer Entwicklung zurück, sie haben reaktionäre Wertvorstellungen, folgen einer überholten Religion und sind Frauenverächter.“
Die Polizisten nickten eifrig. Bis Zimmermanns Diskurs eine Wende nahm. „In Wahrheit möchten aber die im Land Alteingesessenen nicht den Kuchen mit neu Hinzukommenden teilen. Wenn die Neuen die Sozialsysteme belasten, gibt es für alle weniger Sozialleistungen. Wenn die Neuen auf den Arbeitsmarkt drängen, wird es für alle schwieriger, eine Stelle zu finden. Es wird weniger verteilt und es gibt mehr Konkurrenz. Man hat Angst, die Fremden grasen auf den eigenen Weiden.“
Viel mehr hatten die Rauhaar und Priscilla nicht hören können, da die Polizisten Zimmermann baten, sie auf die Dachterrasse zu begleiten.

„Zimmermann hat Glück gehabt, dass er nicht da war", bemerkte die Rauhaar. „Wäre er zur Tatzeit auf seiner Terrasse gewesen, hätt's ihn womöglich noch mit erwischt. Welcher Täter mag schon nen Zeugen, wenn er grade nen Mord begeht?" Zwischen Zimmermanns großer Dachterrasse und Enis' kleinem Terrassenabschnitt gab es nur eine Abgrenzung in Form von Pflanzenkübeln. Dann summierte sie: „Bis jetzt sind zwei möglich Motive aufgetaucht, das wichtigere, dem auch ich anhänge, Ausländerfeindlichkeit, das unwahrscheinlichere: ein Beziehungsmotiv. Ich weiß nicht, was die Polizei über Enis' Leben außerhalb dieses Hauses so rausbekommen hat … Ich jedenfalls bin immer noch der Meinung, es war jemand aus unserem Haus."
Priscilla nickte unsicher. Ich sagte nichts dazu. Auch wenn ich zugeben musste, dass zumindest Ausländerfeindlichkeit ein heißes Thema sein konnte. Würde sich das bestätigen, dann würden wir von Journalisten belagert. Ein solcher Mord wäre schließlich ein Politikum. Abscheuliche Aussichten. Ich wollte das gleich wieder vergessen.
„Und Sie halten nach wie vor Marina, Jean und Marco für verdächtig?", fragte Priscilla die Rauhaar, um die Unterhaltung neu zu entfachen.
Mit schwellender Brust antwortete die Rauhaar: „Leonardo Zimmermann hat denselben Verdacht wie ich! Das will was heißen." Sie sprach dabei *Leonardo* so aus, als könne die Schönheit des Namens dem eher vierschrötigen Zimmermann Eleganz verleihen. Sie rutschte auf ihrem Sitz hin und her. „Und ich muss noch einen Verdächtigen hinzufügen." Sie wirkte jetzt, als hätte sie Verstopfung. Es wollte nicht raus. Nach langem Zögern gab sie es schließlich preis. „Wistler."

Priscilla machte große Augen. „Aber gestern sagten Sie doch noch, die Wistlers seien nicht direkt verdächtig ... Also Herr Wistler ist immer höflich ... Jedenfalls zu mir."
Er war zu allen höflich.
„Ich habe lange nachgedacht", die Rauhaar rieb sich die Nase, „und auf einmal erinnerte ich mich an eine Unterhaltung, die wir letztes Jahr vor dem Haus hatten. Ich glaube, Herr Wistler half mir, den Restmüll in die Tonne zu werfen. Da gingen auf dem Gehweg gegenüber zwei Schwarze vorbei und Wistler sagte: ‚Ich mag diese Leute nicht'. Dann hielt er mir glatt einen Vortrag über Schwarze, die seiner Ansicht nach durchweg krimineller und fauler als Weiße sind."
Priscilla lachte auf. „Die Wistlers dealen doch mit den Schwarzen."
Und ich fügte hinzu: „Ha, *fauler als Weiße*: Mit der Hausarbeit in der Wistler'schen Zweizimmerwohnung dürfte Wistler auch nicht gerade überfordert sein."
„Ich hab das Gefühl, er tut sonst nichts", bekräftigte Priscilla.
„Wenn man bedenkt, dass er vor Jahren mal selbständig war …", seufzte die Rauhaar, als tue es ihr auf einmal leid, dass sie Herrn Wistler in den Kreis der Verdächtigen aufgenommen hatte.
Ich argwöhnte stark, Wistler hatte noch nie etwas getan. Manche Leute machen sich selbständig, damit kein Chef ihnen Arbeit auflädt. Sie fangen etwas an, der Anfang ist meist schnell gemacht, aber bald geht es an die Einzelheiten, kommt die Schufterei, der Teufel steckt im Detail, und dann steigen sie aus und fangen das nächste Projekt an, weil der Anfang immer einfach ist. Die erste Idee kommt

geflogen, die ersten Kontakte sind leicht geknüpft, man zeigt anfangs einen Elan, der vertrauenerweckend ist, aber zu nichts, nie zu etwas führen wird.
„Und was ist eigentlich mit der Mooskop?“, fragte Priscilla ins Blaue hinein.
„Die Mooskop?“ Frau Rauhaar wirkte irritiert. „Die doch nicht... Die arme alte Frau hat niemandem je etwas zuleide getan. Sie kann sich außerdem vor Arthritis kaum noch bewegen.“
„Ich meine doch nicht, dass sie verdächtig ist, nur dass ich sie seit Freitag nicht mehr zu Gesicht bekommen habe.“
Die Rauhaar winkte ab. „Ach, die arme Frau Mooskop. Die sehe ich nur alle paar Tage. Ihr wisst doch, sie hat Angst, die Wohnung zu verlassen, und tut es nur, wenn sie unbedingt muss.“
Ich sah die Mooskop ebenfalls nur selten. Meistens roch ich sie lediglich. Wenn sie ausging, hing im Aufzug ein Geruch von Kampfer oder Naphthalin. Seit Zimmermann die Partys veranstaltete und auch die Mooskop einlud, lebte sie sichtbar auf. Sie kam parfümiert und geschminkt, und ihre Kleidung sah frisch gebügelt aus, war ohne jeden Fleck. Alte Menschen vernachlässigen sich oft. Und auch, weil sie fast immer schlecht sehen, laufen alle früher oder später mit schmutziger Kleidung herum. Die Mooskop lächelte bei Zimmermann, sie trank mit Lust ein Gläschen, sie sprach meistens mit der Rauhaar zwei, drei Sätze, fragte mich freundlich, wie es mir ging. Sie kam richtig aus sich heraus. Nur wenn ich sie draußen traf, auf dem Weg zum Supermarkt, tippelte sie so hastig und mit besorgter, stur nach vorne gerichteter Miene daher, als fürchte sie, jederzeit auf der Straße angegriffen zu werden. Man durfte sie

dann nicht grüßen; sie eilte, wenn sie einen hörte, so schnell weiter, dass man Angst bekam, sie könne stürzen. Dabei hielt sie die Einkaufstasche, in der ihr Portemonnaie sein musste, eng an die Brust gepresst.
„Sollen wir nach der Mooskop sehen?“, fragte ich die anderen.
„Ich glaube, die kriegt nur Angst, wenn wir bei ihr läuten“, meinte Priscilla.
Die Rauhaar beruhigte uns: „Sie wird herauskommen. Spätestens, wenn das Taubenfutter zu Ende geht. Ich werde bei meinen nächsten Kontrollgängen auf sie achten.“
Kontrollgängen: Ich hustete, um nicht in Lachen auszubrechen. Ich wollte nicht unhöflich sein.
Warum hatte mich die Rauhaar am Sonntagabend eigentlich nicht auch in die Besenkammer eingeladen, fragte ich mich noch? Auch wenn ich natürlich abgesagt hätte, kam ich mir doch irgendwie ausgeschlossen vor. Vielleicht lag es daran, dass nur zwei Sitze reinpassten … Oder sie ahnte, dass ich sie weniger ernst nahm als Priscilla, und wollte keinen Korb riskieren.

Kapitel II

Langsam beruhigte sich das Leben im Haus wieder. Enis geriet jeden Tag ein wenig mehr in Vergessenheit. Schließlich hatte ihn niemand von uns näher gekannt. Bald ging alles wieder seinen alltäglichen Lauf.
Etwa zwei Wochen nach Enis‘ Tod sah ich im Haus ein älteres Paar und eine junge Frau seine Wohnung auflösen. Die Polizei hatte die Wohnung freigegeben. Es mussten Enis‘ Eltern sein. Und vielleicht seine Schwester oder seine

Verlobte. Ich sah sie nur von Weitem, ich vermied sie. Sie hier im Haus zu wissen, gab mir einen Stich. Sie wirkten auf mich wie Schlafwandler, wie Gespenster, die in einer Welt agierten, die sie nicht als real begriffen. Ich wollte ihrem Schmerz nicht zu nahe kommen.
Ein paar Koffer und Kisten wurden hinunterbefördert. Enis hatte die Wohnung möbliert übernommen, und so brauchte es nur wenige Stunden, bis alles wieder so war wie vor Enis‘ Einzug.

Ich vertiefte mich im Folgenden so in meine Arbeit, dass ich mich nicht einmal fragte, ob die Polizeiermittlungen zu einem Resultat geführt hatten. Die Polizei war auch nicht mehr ins Haus gekommen. Ich sagte mir, das konnte nur bedeuten, was ich ohnehin vermutet hatte, dass es niemand von uns gewesen war. Ich traf sogar wieder Frau Mooskop auf der Straße. Sie huschte zum Supermarkt. Ich gab acht, sie nicht zu grüßen, damit sie nicht schneller lief und stolperte. Auch die Mooskop war also wieder zur Tagesordnung übergegangen, besorgte Futter für die Tauben und Lebensmittel für sich selbst.
Der Sommer wurde jeden Tag wärmer. Ich genoss es, bei offenem Fenster zu arbeiten. Und mit den durchsonnten Tagen verflogen allmählich die Schatten. Manche im Haus grüßten freundlicher, wenn man ihnen begegnete, insbesondere Frau Wistler war besser aufgelegt denn je. Wahrscheinlich war sie erleichtert, dass die Polizei nicht mehr im Haus herumschnüffelte.
Andere hatte der Vorfall, wie ich in der Waschküche erneut mitbekam, völlig kaltgelassen. Ich war beim Waschen, und in der Waschküche nebenan wusch Marco Bentivog-

lio. Wie so oft schon, hörte ich Marina hereinkommen und Marco bitten, bei ihm zwischendurch waschen zu dürfen. Er sagte wie immer *Ja*. Und dann hörte ich nebenan wieder eine Unterhaltung, die ich am liebsten nicht gehört hätte.
„Wäscht wenigstens einer weniger", blaffte Marina.
„Der Spinner hat viel zu viel gewaschen."
„Hat sich wohl dreckig gefühlt." Marinas Stimme hatte einen bedrohlichen Unterton. „Ich hoffe nur, sie vermieten die Wohnung nicht gleich wieder. Wir haben einfach zu viele Leute hier drin."
„Hoffentlich kommt nicht noch mal so eine üble Nummer ins Haus. Eine Prostituierte hatten wir schon …", Marco konnte damit nur Ramona meinen, „… dann kam ein Asylant dazu. Und so wäre das weitergegangen. Wenn erst einmal mehrere der Art im Haus sind, zieht das noch weitere dunkle Elemente an. Das Haus verslumt." Eine kleine Pause entstand.
„Ha, jetzt ist er tot. Hätte eben nicht hier einziehen sollen", bemerkte Marina schnippisch.
„So geht's", bekräftigte Marco.
„Sein Tod geht mir so was von am Arsch vorbei", sagte Marina erneut.
„Der Einzige, der was für Enis übrighatte, war Zimmermann."
Pause. Ich stellte mir Marina überrascht vor.
„Zimmermann soll vor der Polizei sogar geplärrt haben." Marco äffte ihn nach: „Enis war ein so begabter, schöner junger Mann …"
„Zimmermann ist doch krank!" Marina klang aufgebracht. „Muss sich überall lieb Kind machen. Auch bei uns hat er

sich eingeschleimt mit seinen Apéros. Mich kann er nächstes Mal von hinten filmen. Ich geh da nicht mehr hin."
Wie letztes Mal wartete ich in meiner Waschküche hinter halb geschlossener Tür, bis beide den Aufzug nach oben nahmen.

Die Unterhaltung lag mir einen Nachmittag lang im Magen. Dann verschwand das üble Gefühl auch schon wieder. Langsam gewann ich meine alte Sicherheit zurück. Und auch im Haus war nun wieder alles wie früher. Niemand war mehr besonders freundlich und erleichtert. Und über Enis hörte ich kein Wort mehr. Weil die Sache langsam allen *am Arsch vorbeiging*, musste ich plastisch denken. Das war nicht schön, aber schuld daran waren nicht nur wir, sondern auch unser Überlebensinstinkt. Der machte uns unempfindlich, damit das Leben weitergehen konnte.
Und dann, aus heiterem Himmel, an einem strahlenden Morgen, der einen heißen Tag versprach, stand wieder die Polizei vor meiner Tür.
Was war los? Ging es um Enis? Hatten sie mehr herausgefunden? Führte die Spur doch in unser Haus? Ich fühlte, wie ich weiß wurde, und bekam irrwitzigerweise Angst, sie könnten meine Blässe als verdächtig deuten. Ich fühlte mich irgendwie schuldig, ertappt. Als sie mich fragten, wann ich Herrn Bentivoglio das letzte Mal gesehen hätte, begriff ich gar nichts mehr, und glotzte die Beamten nur verwirrt an.
Die Beamten erklärten: „Herr Bentivoglio ist von seinen Eltern als vermisst gemeldet worden."
Ich konnte nur wiederholen: „Vermisst?"
„Er wird seit drei Tagen vermisst."

Bentivoglio vermisst ...
„Normalerweise ruft Herr Bentivoglio jeden Abend seine Mutter an. Seit drei Tagen hat er sich nicht mehr bei ihr gemeldet. Frau Bentivoglio sagte, so etwas sei noch nie passiert."
Die Beamten guckten mich scharf an. Ich musste etwas antworten, versuchte, meine Gedanken zu sortieren. Das letzte Mal hatte ich ihn in der Waschküche gehört, wie er sich mit Marina über Enis unterhalten hatte. Das war mehr als eine Woche her gewesen. Ich erzählte es den Beamten. Wie zur Entschuldigung wiederholte ich ihnen, dass man im Haus sehr anonym lebe, sich nicht täglich über den Weg laufe. Und dann brachte ich es noch fertig, die Beamten zu fragen, ob sie glaubten, dass Bentivoglio etwa passiert sei.
„Wir wissen noch gar nichts. Wir suchen nach ihm", war die Antwort. Und dann händigten sie mir wieder die obligatorische Karte mit ihren Kontaktdaten aus.
Die Polizisten trafen an dem Morgen nur die Mooskop und die Wistlers an. Ich blieb im Treppenhaus stehen und beobachtete unverhohlen, wie sie von Tür zu Tür gingen. Es war weniger Neugier, ich wollte vor allem nicht alleine in meiner Wohnung bleiben.
Frau Wistler schrie im Stock über mir in einer hohen Stimmlage, die ich noch nie bei ihr bemerkt hatte: „Was?"
Als die Beamten die Wistler fragten, ob sie verdächtige Geräusche in der Wohnung nebenan gehörte hätte – die Wistlers wohnten neben Bentivoglio –, reagierte sie empört. „Die Wohnungen sind hervorragend isoliert. Da müsste ich ja an der Wand gehorcht haben!" Und gesehen hatte sie ihn auch nicht in den letzten Tagen.

Sie schien sich persönlich angegriffen zu fühlen, als man sie fragte, wer bei Bentivoglio ein- und ausging: „Ich bespitzele doch meine Nachbarn nicht. Fragen Sie lieber Frau Rauhaar, die ist die einzige indiskrete Person im Haus."
Die Beamten wollten noch wissen, was die Wistler damit meinte. Und als sie Herrn Wistler befragen wollten, antwortete Frau Wistler, er sei bei der Arbeit. Ich fragte mich, bei was für einer Arbeit Herr Wistler sein konnte, beobachtete dann aber gleich wieder die Beamten, wie sie die Stockwerke darüber erfolglos abklapperten.
Bei der Mooskop im dritten Stock klingelten sie zuerst und klopften dann laut an die Tür. Wahrscheinlich hatten sie von innen ein Geräusch gehört. Einer der Beamten rief laut, die Polizei sei da und wolle sie befragen. Die Mooskop öffnete nicht. Ich konnte mir vorstellen, wie sie mit aufgesperrten Augen und offenem Mund, gelähmt vor Angst, hinter der Tür stand. Erst als die Beamten umständlich klar gemacht hatten, dass sie in freundlicher Absicht kamen, ging die Tür einen Spalt auf.
Alles an der Mooskop flatterte. Sie musste die Fenster offen haben und stand nun im Zug. Sie wirkte wie ein zerzauster Vogel, der zu schwach war, um vor einem Raubtier davonzufliegen. Die Befragung war kurz. Den Polizisten muss klar geworden sein, dass Frau Mooskop nicht viel zur Aufklärung beitragen konnte. Als sie ihre Tür wieder schloss, hörte ich, wie sie den Schlüssel zweimal umdrehte.
Gerade als die Beamten die Treppen herunterkamen, ging im Erdgeschoss die Eingangstür auf und herein kam die Rauhaar mit zwei dicken Einkaufstüten. Sie lief den Beamten direkt in die Arme. „Frau …?"

Ich spähte hinunter. Die Rauhaar blickte auf die Uniformen und antwortete wie aus der Pistole geschossen: „Rauhaar!“ Dass sie nicht in Habachtstellung ging, wunderte mich.
„Haben Sie das Schwein gefasst?“, ging sie dann die Beamten unerwartet impulsiv an.
Als die Polizei ihr vom unerklärlichen Verschwinden Bentivoglios erzählte, schien auch die Rauhaar die Welt nicht mehr zu verstehen. Insbesondere verstand sie wohl nicht, dass es im Haus einen weiteren verdächtigen Vorfall gab, der nicht in ihr Schema passte.
Zur Freude der Beamten sagte die Rauhaar, nachdem sie sich gefasst hatte: „Ich kann Ihnen viel erzählen über Bentivoglio und über das ganze Haus.“
Die Beamten bestellten sie aufs Kommissariat, weil sie es nicht im Haus tun wollte. Ich fand es seltsam, dass die Rauhaar lieber aufs Kommissariat ging, als sich in ihrer Wohnung befragen zu lassen. Jeder hätte doch seine eigene Wohnung vorgezogen. Aber vielleicht fand sie das aufregender. Es war eine andere Bühne, eine größere. Und dass die Rauhaar es tatsächlich wie eine Art Theaterauftritt betrachtete, zeigte mir, dass sie sich unbedingt umziehen und schminken wollte, bevor sie die Beamten begleitete.

Der Tag verging schleppend. An Arbeit war nicht mehr zu denken. Ständig ging mir durch den Kopf, was wäre, wenn auch Bentivoglio tot aufgefunden würde. Zwei Tote aus demselben Haus: In einem Krimi würde sich jeder fragen, wer das nächste Opfer im Haus wäre. Mich beschäftigte auch, was die Rauhaar wohl der Polizei erzählen würde.

Sobald Priscilla erreichbar und die Rauhaar wieder zurück war, lud ich die beiden zum Abendessen ein. Ich machte Spaghetti Bolognese und hatte einen Amarone besorgt. Ich fand keine Ruhe mehr. Ich musste wissen, was hier vor sich ging, und am ehesten schien die Rauhaar über die Lage informiert zu sein. Ich fühlte mich auch sicherer in der Gruppe, und ich überlegte schon, ob ich noch jemanden aus dem Haus dazu einladen sollte, mahnte mich dann aber zur Vorsicht. Die Rauhaar vermittelte uns privilegiertes Wissen. Solange die Situation im Haus nicht klar war, war es besser, dieses Wissen würde nicht nach außen dringen. Womöglich konnte man im Haus niemandem mehr trauen.

Die Soße köchelte auf dem Herd und der Duft zog durch die ganze Wohnung, als Priscilla und die Rauhaar gleichzeitig vor meiner Tür standen.

„Frau Rauhaar, Sie sind aber elegant“, machte ich ihr ein Kompliment. Sie hatte ein graues Kostüm mit einer gelben Seidenbluse an und trug schwarze Lacksandalen mit Absatz.

„Hab ich nach einem Versace-Modell genäht“, sagte sie stolz.

So elegant war sie also auf dem Kommissariat gewesen. Und geschminkt war sie ebenfalls noch auffällig; hellrosa Rouge, Gloss auf den Lippen und Lidschatten in Silber. Nur die Fingernägel hatte sie sich nicht mehr frisch lackieren können. Der alte Lack war stellenweise brüchig und abgeblättert, das Umbrarot passte auch nicht so recht zur ihrer Aufmachung. Ich bat die beiden, sich gleich zu Tisch zu setzen, und trug das Essen auf. Es hatte etwas Feierliches, wie die Rauhaar zum Tisch schritt.

Die Hauswand gegenüber reflektierte rötliches Abendlicht. Durch die offenen Fenster drang laue Luft. Es roch nach Blüten und Teer. Mir ging durch den Kopf: Der Abend tat so, als sei er ein ganz normaler Sommerabend.
Ich rieb Parmesan über die dampfenden Spaghetti auf den Tellern. Alle aßen. Weder Priscilla noch ich sprachen ein Wort. Wir warteten, was die Rauhaar erzählen würde. Anscheinend folgte Priscilla derselben Strategie: Die Leute erzählen einem mehr, wenn man ihnen keine Fragen stellt.
Für die Rauhaar stand fest, jetzt, da es bei uns wohl einen zweiten Mord gegeben hatte, konnte der Mörder nur aus unserem Haus kommen.
„Aber wir wissen doch noch gar nicht, was los ist", widersprach Priscilla. „Vielleicht taucht Bentivoglio wieder auf?", war meine Hoffnung.
Die Rauhaar schüttelte theatralisch den Kopf und seufzte: „Als zerstückelte Leiche." Und dann erzählte sie uns, was sie wahrscheinlich auch der Polizei erzählt hatte. „Ich hätte im Leben nie gedacht, dass es Bentivoglio trifft. Er war immer freundlich zu allen. Half jedem, der ihn danach fragte." Priscilla nickte. „Manche haben das weidlich ausgenutzt." Ich konnte sehen, wie Priscilla rot wurde. „Am schlimmsten war aber Marina." Priscilla nickte besonders eifrig. „Als Bentivoglio bei mir das letzte Mal zum Abendessen war, hat er mir sein Herz ausgeschüttet." Ich war überrascht. Ich wusste nicht, dass die Rauhaar Bentivoglio einlud. Was wollte Bentivoglio dort? Oder besser, was wollte die Rauhaar von ihm? Vielleicht musste er einiges in ihrem Haushalt reparieren und dafür bekam er ein Abendessen …? Auch Priscilla guckte irritiert drein. Wir verkniffen uns jegliche Bemerkung, um die Rauhaar nicht im Re-

defluss zu stoppen. „Marina hat Bentivoglio tagtäglich belästigt. Entweder hatte sie ein PC-Problem oder sie wollte seinen Drucker benutzen oder sie bat ihn, den Hund ihres gehbehinderten Vaters auszuführen, weil sie keine Zeit hatte. Bentivoglio hatte anscheinend immer Zeit, hatte Zeit zu haben … Und nach und nach wurden es immer mehr Gefallen. Bentivoglio dachte anfangs, wenn er ihr einen Gefallen tut, würde sie ihn in Zukunft in Ruhe lassen. Sie verlangte aber immer mehr, je mehr er für sie tat. Ich hab ihn gefragt, warum er nicht endlich *Nein* sagte. Wenn man so viel für einen anderen getan hat und nichts zurückbekommt, dann darf man doch guten Gewissens auch mal *Nein* sagen. Stellt euch vor, er hat sich nicht getraut, weil er sich durch Marinas aggressive Art bedroht fühlte. Und jetzt hört zu: Er sagte wortwörtlich, er habe gefürchtet, dass Marina ausrastet, wenn er nicht alle ihre Wünsche erfüllt. Er hielt es sogar für möglich, dass sie ihn schlägt. Zuletzt hat er auch noch ihre Steuererklärung gemacht und ihren ganzen Behördenkram erledigt. Er war praktisch ihr Assistent geworden, ihr Sekretär. Unbezahlt!“
Bentivoglio tat mir nun leid.
Priscilla fuchtelte mit der Gabel in der Luft herum. „Und wenn Bentivoglio einfach davon ist, weil er sich nicht anders zu helfen wusste?“
„Dann hätte er sich doch wenigstens bei seiner Mutter gemeldet“, meinte ich.
„Die hat von ihm vielleicht auch immer nur was gewollt. Du weißt ja, wie manche Eltern sind. Die verlangen ständig was. Sie verlangen von dir, was sie selbst niemals geleistet hätten. Da gibt es Scheißkerle.“ Es war neu, dass nun auch Priscilla zu deftigen Schimpfwörtern griff.

„Dann glauben Sie, Marina hat Bentivoglio etwas getan?“, fragte ich die Rauhaar, obwohl ich es wieder mal für abwegig hielt.
„Marina hatte ich ja schon bei Enis in Verdacht“, bestätigte sie.
Priscilla legte ihre Gabel beiseite, und die Rauhaar konnte sich endlich ihren Spaghetti widmen. „Wieso soll Marina Bentivoglio etwas getan haben? Sie brauchte ihn doch. Bentivoglio ist für Marina sicher auch kein verhasster Ausländer. Die Bentivoglios sind schon seit drei Generationen im Land. Ich seh da kein Motiv.“ Priscilla wurde auf einmal blass und fügte leise hinzu: „Eher noch hat sich Bentivoglio umgebracht.“
Die Rauhaar sog ziepend Spaghettifäden ein, sodass sich Soße rot in ihren Mundwinkeln staute, und guckte Priscilla nur an.
„Es kann fürchterlich deprimierend sein, wenn alle dich nur ausnutzen und du es einfach nicht fertigbringst, *Nein* zu sagen“, fuhr Priscilla fort. „Es ist demütigend. Du fühlst dich wie der letzte Dreck, bist vor dir selbst nichts mehr wert. Und dann willst du dich auf einmal selbst vernichten. Ich hab da mal im Internet über so einen Fall was gelesen …“
Die Rauhaar trank einen weiteren Schluck Wein und wischte sich den Mund mit der Serviette. „Sich umbringen, weil man nicht *Nein* sagen kann? Für so einen Schritt braucht es ein bisschen mehr.“ Sie räusperte sich und hob dann die Stimme: „Fakt bleibt, es gibt zwei Tote im Haus.“
„Moment“, musste ich nun doch unterbrechen. „Lassen wir die Kirche im Dorf: Bentivoglio ist noch nicht tot, er gilt nur als vermisst!“

„Bis jetzt …“, sagte die Rauhaar mit düsterer Stimme. Dann sah sie jeden von uns eindringlich über den Tisch hinweg an, als wäre sie im Besitz eines ungeheuerlichen Geheimnisses. „Seien wir mal ehrlich. Niemand von uns glaubt doch ernsthaft, dass Bentivoglio jemals wieder lebend auftaucht.“
Priscilla blickte auf ihren leergegessenen Teller. Instinktiv senkte ich ebenfalls den Blick.
„Na seht ihr.“ Die Rauhaar sprach wie die Zuversicht in Person. „Zwei Tote aus demselben Haus, da liegt *ein* Mörder und ein Zusammenhang nahe. Nur beim Zusammenhang bin ich noch unsicher. Was verbindet die beiden Morde?“
Wir schwiegen, während ich die Teller abräumte und den Fruchtsalat aus dem Kühlschrank zog. Nach dem Fruchtsalat gab es noch einen Limoncello mit Zitronenkeksen. Beim Espresso mit Eispralinen spielten wir die Ermordung Bentivoglios durch, auch wenn die Rauhaar bislang die Einzige war, die an einen ermordeten Bentivoglio glaubte. Wir ließen wieder alle Bewohner im Haus Revue passieren und zählten landläufige Mordmotive auf, die wir aus Romanen oder aus dem Fernsehen kannten. Mord aus Habgier, aus Eifersucht, aus Rache, aus Hass, um jemanden, der zu viel weiß, zum Schweigen zu bringen und so weiter. Bei Bentivoglio wollte kein Motiv so recht passen. Und kein Bewohner hatte nach unserem Wissen dieselbe Beziehung zu Enis wie zu Bentivoglio. Viele konnten Enis nicht ausstehen, aber alle mochten Bentivoglio oder sahen in ihm zumindest kein Ärgernis, keinen Störenfried. Er war so überangepasst, dass er jedem bis zur Selbstaufopferung zu Diensten stand.

Wir waren am Ende unseres Lateins, und der Alkohol hatte uns schläfrig gemacht. Ich war erleichtert, als die Rauhaar aufbrechen wollte und sich Priscilla anschloss.
Bevor ich die Wohnungstür öffnete, fragte ich die beiden noch, ob sie etwas von der Befragung der anderen mitbekommen hätten. Die Rauhaar erklärte, dass sie die Polizei nicht mehr im Haus gesehen hatte, sie aber morgen früh mit ihnen rechne und zu dem Zweck ihre Wohnungstür aufstehen lassen würde, um so viel wie möglich zu erfahren.
Trotz meiner Müdigkeit ging ich nochmals ums Haus, um frische Luft zu schnappen. Ich wollte einen klaren Kopf bekommen, um noch nachdenken zu können. Ich musste ein bisschen Ordnung in dem Wirrwarr schaffen, um mich selbst zu beruhigen.
Es war immer noch sehr mild, fast war es eine Tropennacht. Überall waren Leute unterwegs. Sie führten Hunde aus, genossen die Sommernacht. Als ich um die Ecke des Café Bümpilz bog, kam mir Marina entgegen. Wir wären fast ineinandergeprallt. Ich erschrak zu Tode, obwohl ich sie nur als Ungeheuer einschätzte, hinter ihr keine Mörderin vermutete. Als ich die Nässe unter ihren Augen im Neonlicht der Straßenlaterne glänzen sah, ließ meine Angst rasch nach: Sie hatte geweint. Eigentlich sprachen wir nicht mehr miteinander und grüßten uns auch nicht mehr, aber an dem Abend sagte sie den Satz: „Ich glaube, Bentivoglio ist was ganz Schlimmes passiert“, und sie erschien mir ehrlich besorgt.
„Krokodilstränen“, schallte die Rauhaar, als ich ihr noch rasch die Begegnung am Telefon berichtete. *Krokodilstränen.*

Müßig zu erzählen, dass ich in der Nacht wieder kein Auge zubekam. Bentivoglio ging mir im Kopf herum. Marinas trauriger Zustand hatte mich beeindruckt. Bentivoglios Verschwinden ging ihr sehr nahe. Wusste sie etwas? Oder war sie einfach unglücklich, dass jetzt niemand mehr alles für sie erledigte, von der Steuererklärung bis zur Lösung ihrer Computerprobleme? Mir war bewusst, dass ich böse über sie dachte; es gehen einem einfach alle Möglichkeiten durch den Kopf. Wir denken die bösen Möglichkeiten meistens nur und sagen sie einander fast nie. Fast alle sind in Gedanken böse Zungen und schadenfroh, fürchte ich.

Ich konnte einfach nicht einschlafen. Der Mond schien ungünstig herein. Das weiße Licht konnte einen verrückt machen. Mein Rollladen schirmt es nicht völlig ab, und ich nehme es durch die geschlossenen Augenlider wahr. Meine Augenlider sind leider sehr dünn. Und eine Schlafmaske stört mich.

Um zwei Uhr stand ich nochmals auf und schluckte eine halbe Schlaftablette. Als ich im Bett erneut das Licht ausknipste und in die Dunkelheit starrte, in Erwartung, dass ich so müde wurde, dass mir alles egal war, nahm ich etwas Schwarzes wahr. Eine Art Schatten. Der Schatten war noch dunkler als der Rest des Zimmers. Es war ein Sekundeneindruck und ganz sicher war ich mir nicht, dass ich tatsächlich einen sich bewegenden Schatten bemerkt hatte. Ich war übermüdet und nervös. Manchmal sah ich, wenn ich müde war, auch schwarze Punkte vor den Augen, sogenannte Mouches, die existierten auch nicht außen. Ich konnte mich dennoch nicht beruhigen, war wieder hellwach. Es war kindisch. Ich glaubte, wie gesagt, an Spuk, aber weniger an Geister. Der Spuk, den ich erforschte, ging auf eine starke *Imprägnierung* eines Ortes zurück. Wir nehmen hier bloß ein Stück Vergangenheit wahr, aber so deutlich, als liefe die Szene gerade realiter vor uns ab. Sie ist aber nicht real. Was wir wahrnehmen, ist lediglich, was im Gedächtnis des Ortes gespeichert ist. Bei der Imprägnierung wiederholt sich typischerweise immer wieder dieselbe Szene identisch. Zum Beispiel sieht jemand in einem Haus immer wieder eine frühere verstorbene Einwohnerin in einem Lehnstuhl sitzen, immer wieder in genau derselben Pose, als sähe er oder sie immer wieder denselben Filmausschnitt. Die älteste und bekannteste Theorie über Geister sieht in ihnen hingegen die Seelen Verstorbener, die aus dem einen oder anderen Grund noch unter den Lebenden weilen. Geister sind also quasi etwas Lebendiges. Sie können sogar auf uns einwirken. Solche Geister sind nicht Gegenstand meiner Forschungen. Und ich bin mir auch nicht sicher, ob es sie gibt. Das Gedächtnis von Orten und Gegenständen halte ich hingegen für erwiesen. Dennoch kam in mir jetzt eine Riesenangst auf, wie in meiner Kindheit, als mich meine Eltern alleine zu Hause ließen, und ich fürchtete, dass aus jeder dunklen Ecke gleich ein Geist hervorspringen und über mich herfallen könnte. Die katholische Kirche glaubte auch nicht an solche lebendigen Geister. Was mich jetzt keineswegs beruhigen konnte. Während die europäische Landbevölkerung bis ins Mittelalter fest an die Geister von Verstorbenen glaubte, bekämpfte die katholische Kirche diesen Geisterglauben. Nach ihr verließ die Seele den Körper und gelangte unmittelbar ins Paradies, das Purgatorium oder die Hölle. Auf Erden hielt sie sich nicht mehr auf. Geisterspuk, vertrat die Kirche, sei Werk des Teufels. Wenn ich daran dachte, dass die moderne Parapsychologie auch sozusagen echten Geisterspuk untersucht, der geradezu aggressiv ist, wurde mir noch mulmiger ... Alles half nichts, ich musste noch mal aufstehen, um die andere Hälfte der Schlaftablette zu schlucken.

Ich wachte erst auf, als mich jemand aus dem Schlaf klingelte. Es klingelte wie wild. Ich fuhr entsetzt hoch, dachte zuerst, es sei mitten in der Nacht, und fragte mich, wer das mitten in der Nacht sein konnte und was Schreckliches passiert war. Als ich im einfallenden Sonnenlicht auf dem Wecker die Zehn erblickte, sprang ich wie unter Strom aus dem Bett, rannte zur Tür, spähte durch den Spion – Gott sei Dank, es war nur die Rauhaar –, rief: „Einen Moment“, putzte mir in Windeseile die Zähne, kämmte meine Haare, warf einen Morgenmantel um, schlüpfte in Straßenschuhe, öffnete, und entschuldigte mich für meine Schlafanzugaufmachung.
Die Rauhaar schien gar nicht wahrzunehmen, dass ich noch im Schlafanzug steckte, und rief mir mitten ins Gesicht: „Er ist tot.“
Mir wurde gleich schlecht und schwindelig. Ich hatte noch keinen Kaffee getrunken, noch kein Frühstück gehabt, ich war noch benommen vom Schlaftablettenschlaf. Gleich würde ich nur noch schwarze Punkte sehen und auf der Türschwelle zusammenbrechen.
Die Rauhaar fuhr unbarmherzig fort: „Gerade hab ich seine Eltern gesehen. Sind oben.“ An meinem Gesichtsausdruck muss sie bemerkt haben, dass ich noch nicht verstanden hatte, wer tot war, und rief: „Bentivoglio!“

Ich bat die Rauhaar herein und kochte Kaffee, während sie in einem Schwall weiterredete. Sie nahm gar nicht wahr, dass ich zitterte.
Ich servierte uns Kaffee, setzte mich der Rauhaar gegenüber und fühlte mich nach den ersten Schlucken und dem Genuss von Kohlehydraten, Weißbrot, dick bestrichen mit selbst gemachter Erdbeermarmelade, langsam stärker. Mein Gehirn klarte auf.
Die Rauhaar hatte alles erzählt und sank nun erschöpft in sich zusammen. Sie wirkte zutiefst enttäuscht. Bentivoglio war zwar tot, aber niemand hatte ihn ermordet. Er war eines natürlichen Todes gestorben. Wanderer hatten ihn im nahe gelegenen Wald gefunden. Herzstillstand beim Joggen lautete das Obduktionsergebnis. Ich atmete vorsichtig auf. Wenigstens kein weiterer Mord. Ich würde mir nicht von der Rauhaar anhören müssen, wann es den nächsten, vielleicht sogar uns, träfe. Diese Angst konnte sie mir nun nicht einjagen.
Wie um noch das Ruder herumzureißen, murmelte die Rauhaar verschwörerisch: „Gestern Nacht um zwei hab ich Herrn Wistler dabei beobachtet, wie er versuchte, mit einer Art Draht Bentivoglios Briefkasten zu öffnen. Es gelang ihm sogar. Ich konnte einen kleinen gepolsterten Umschlag erkennen, den er da rausnahm.“ Die Stimme der Rauhaar wurde lauter. „Das kann nur *Stoff* gewesen sein. Sie haben Bentivoglio über den Briefkasten beliefert und merkwürdigerweise wussten sie vor allen anderen, dass der Stoff noch drin war und Bentivoglio ihn nie mehr bezahlen würde.“ Ich blickte sie nur dumpf an. „Verstehst du, Nadja: Die Wistlers wussten vor allen anderen, dass er tot war!“

Ich legte mein Brot beiseite. „Was wollen Sie damit sagen? Die Todesursache ist doch geklärt?"
Die Rauhaar räusperte sich: „Bentivoglio mag ja auf natürliche Weise gestorben sein, Gott hab die arme Seele gnädig, aber dass die Wistlers es schon wussten? Das kann doch nur heißen, sie haben ihre Augen und Ohren überall. Also wissen sie vielleicht auch, wer Enis umgebracht hat!"
„Ach so ..." Die Idee war gar nicht schlecht. Vielleicht hatte ich die Rauhaar unterschätzt. „Und wieso sagen die Wistlers dann nichts der Polizei?"
„Das sind doch Dealer!" Die Augen der Rauhaar wurden riesig. „Die wollen möglichst wenig mit der Polizei zu tun haben. Angenommen, der Mörder ist jemand aus dem Haus, und sie geben der Polizei einen Tipp, dann müssen sie damit rechnen, dass sie selbst verpfiffen werden. Hier drin weiß doch jeder, dass sie dealen."
Ich blickte auf mein nur halb gegessenes Brot: Ich hatte erst nach Enis Tod von der Rauhaar erfahren, dass die Wistlers dealten, vorher hatte ich nichts davon gewusst. In was für einem Wolkenkuckucksheim lebte ich eigentlich?
Die Rauhaar war wieder voller Leidenschaft. „Mich würd's nicht wundern, wenn die Wistlers die nächsten Opfer wären. Die wissen zu viel. Das wird der Mörder auch schon mitbekommen haben."
„Dann wären ja auch Sie gefährdet", wagte ich zu bemerken und schmunzelte heimlich in mich hinein.
„Ich?", rief die Rauhaar außer sich. „Ich pass doch viel zu gut auf. Mich bemerkt niemand. Und mich wird auch in Zukunft niemand enttarnen."
Sie schien sich nicht damit abfinden zu können, dass wir noch kein zweites Mordopfer im Haus hatten. Sie muss bei

Bentivoglio große Hoffnungen gehegt haben. So große Hoffnungen, dass sie sogar um zwei Uhr nachts im Haus noch auf Beobachtungsposten stand! War die Rauhaar bereits süchtig, mordsüchtig? Wurde sie krankhaft?

Nachdem sie meine Wohnung wieder verlassen hatte, blieb seltsamerweise kein schlechtes Gefühl zurück. Im Gegenteil: dass sie so selbstverständlich zu mir hereingeschneit war, keinen Anstoß daran genommen hatte, dass ich um zehn noch ungewaschen und im Schlafanzug war, gab ihrem Besuch etwas Familiäres. Es war wie unter engsten Verwandten. Ich musste dann sogar denken, dass ich mich an die Besuche der Rauhaar bereits so gewöhnt hatte, dass ich sie missen würde, wenn das alles hier vorbei war, und es würde bald vorbei sein, da war ich mir ziemlich sicher. Die Rauhaar war eine tolle Figur. Sie hatte etwas von einer wirren Miss Marple. Manche ihrer Beobachtungen und Schlüsse waren erstaunlich zutreffend, ihre meisten Vermutungen waren für mich allerdings blanker Unsinn. Die investierte ihre ganze Zeit in ein Unterfangen, das zum Scheitern verurteilt war. Es hatte etwas allzu Menschliches. Sie tat mir bereits ein wenig leid. Die vielen Stunden, die sie hinter der Tür am Spion verbrachte und noch verbringen würde oder in der Besenkammer oder im Treppenhaus – und vielleicht hatte sie noch andere Verstecke –, diese Stunden, die sie sogar mitten in der Nacht auf verlorenem Posten verbrachte, wären alle umsonst. Nichts käme dabei heraus, kein von ihr noch so dringlich erhofftes Resultat. Alles wäre für die Katz. Von vornherein war ihr Unternehmen falsch angelegt. Die Rauhaar war eine Kreuzung aus Miss Marple und Don Quichotte.

Da ich so spät aufgestanden war, hing mir die durchwachte Nacht nicht so nach und ich konnte arbeiten. Ich schrieb am Kapitel *Deutlichkeit der Eindrücke*. Nahm man zum Beispiel unser Haus, mit dem nun schon zwei Todesfälle verknüpft waren und in das sich zumindest die schreckliche Todesangst von Enis quasi in die Mauern eingeschrieben hatte, so nahmen nicht alle Einwohner die schaurige Geschichte gleichermaßen wahr. Manche Menschen, wohl die Mehrheit, empfinden in so einem düsteren Haus eine Stimmung, etwas Atmosphärisches und noch wenig Konkretes. Bei derartig *unspezifischen Gefühlen oder Ahnungen* reicht die Information nicht bis ans Bewusstsein heran. Solche eher undeutlichen Eindrücke scheinen ziemlich häufig vorzukommen. *Eindrücke, die bewusst werden*, zu einem ganz spezifischen Wissen über die Geschichte von Orten und Gegenständen führen, treten viel seltener auf. So sehen ein paar wenige Personen Bilder vor sich, hören Töne, Geräusche, Stimmen, Musik, selbst Gerüche und Geschmack sind keine Seltenheit, und sie empfinden ganz konkrete Gefühle. Ein paar von ihnen sehen im Geist bewegliche Bilder vor sich, so etwas wie einen Film. Wäre eine solche Person in unserem Haus, würde sie im Geist mehr oder weniger deutlich vor sich sehen und sogar nachempfinden, wie Enis ermordet wurde, der Täter wäre entlarvt. Man hat Tausende besonders feinfühlige Leute an Universitäten überprüft, und die schilderten, dass sie sich in so einem Film nicht nur räumlich hin und her bewegen können, der Film scheint auch eine zeitliche Dimension zu haben, sodass man darin auch in der Zeit reisen kann: Der bekannten amerikanischen Hellseherin Eileen Garrett etwa erschienen ihre Visionen als ungeheuer scharf und die *Zeit*

ungeteilt, sie sah Dinge, Orte, Personen in einem abrupten Wechsel vor sich, in ihrer vergangenen, gegenwärtigen und/oder künftigen Phase. Schopenhauer befasste sich schon mit dem Thema in seinem Traktat *Versuch über das Geistersehen*. Es ist, nach Schopenhauer, nie ein eigentliches Sehen eines Dings. Es ist nicht durch eine Reizung der Sinnesorgane bedingt. Es liegt nahe beim Traum, der ebenfalls unabhängig von den äußeren Sinnen ist, und zwar sei es am ehesten mit dem *Wahrtraum* zu vergleichen.
In letzter Zeit hat sich die Meinung verfestigt, dass diejenigen, die die Geschichte eines Ortes wie einen inneren Film im Geist vor sich sehen, eigentlich *bewegte Hologramme* wahrnehmen: Ein Hologramm ist eine dreidimensionale Projektion eines Objekts, ein dreidimensionales Lichtbild. Es schwebt als virtuelles Bild im Raum. Man kann um eine holografische Projektion herumgehen, sie von allen Seiten betrachten, sie scheint ein realer Gegenstand zu sein; versucht man jedoch das Bild zu berühren, bewegt sich die Hand einfach hindurch. Die Dreidimensionalität mutet daher gespenstisch an.
Vor den Augen des berühmten Sehers Stefan Ossowiecki lief ebenfalls ein Film ab, wenn er die Geschichte eines Ortes oder eines Gegenstands erspürte, und er konnte die Szene im Schnellgang „weiterdrehen". Auch bei ihm war der Film nicht flach, sondern dreidimensional: und zwar konnte Ossowiecki in den Szenen frei umhergehen und sich alles von allen Seiten ansehen. Der berühmte polnische Ethnologe Stanislaw Poniatowski testete Ossowiecki und stellte fest, dass Ossowiecki, wenn er in die Vergangenheit blickte, die Augen hin und her bewegte, als ob er die Dinge, die er beschrieb, leibhaftig vor sich sähe. Auch

der in Cuba geborene bekannte Seher Tony Cordero sagte, seine Visionen glichen einem Kinofilm, und zwar einem dreidimensionalen Kinofilm, der in seinem Geist ablaufe. Er hatte das Gefühl, in der Situation drinzustecken, es war alles wie in unserer Welt, also dreidimensional. Er konnte nicht nur alles um sich sehen und hören, sondern sogar riechen. Aber die Menschen, die er sah, konnten ihn weder sehen noch hören. Und Edgar Cayce, ein berühmter Hellseher aus Kentucky, sah sogar Gedanken in Form *greifbarer* Gebilde vor sich, sie erschienen ihm als eine feinere Form von Materie, dreidimensional, aber nicht fest.
Ich war froh, dass ich nicht zu den besonders Sensitiven gehörte, dass sich mir keine Bilder der Ermordung von Enis aufdrängten, als geschähe der Mord noch einmal frisch vor meinem geistigen Auge. Ich spürte nur eine mulmige Atmosphäre im Haus. Etwas Unspezifisches, Bedrückendes, und dieses Bedrückende ging eindeutig über die normale Reaktion hinaus, die man hat, wenn man weiß, dass im Haus ein Mord stattgefunden hat.
Natürlich konnte es auch ganz Unsensible geben, die gar nichts merkten. Auch die waren häufig, vermutete ich. Und fast beneidete ich sie. Sie lebten ruhiger. Aber vielleicht lebten sie auch weniger?

Die neuerlichen Ereignisse im Haus führten die Rauhaar und Priscilla am Abend wie selbstverständlich wieder zu mir zu einem späten Gläschen Rotwein mit belegten Schinken- und Käsebroten. Die Rauhaar witzelte, wir könnten unsere abendlichen Treffen als ständige Einrichtung beibehalten. Ganz abgeneigt war ich nicht. Ich arbeitete meistens alleine zu Hause, ging nicht viel aus, da war es ganz nett, wenn abends jemand hereinschaute, solange die Person oder die Personen nicht zu lange blieben. Ich freute mich sogar, als die Rauhaar sagte, sie sei nun an der Reihe, und für den nächsten Abend ein Käsefondue in ihrer Wohnung vorschlug.

Ich hatte gut gearbeitet, mir Mühe mit den belegten Broten gegeben, fühlte mich in aufgeräumter Stimmung. Bentivoglio war zwar tot, aber immerhin nicht ermordet worden, daher war ich erstaunt, dass Priscilla so stark betroffen wirkte. Hatte sie der Tod Bentivoglios derartig mitgenommen? Ich hatte ihn kaum gekannt und war davon ausgegangen, dass auch Priscilla ihn kaum gekannt hatte, folglich sein Tod sie nicht in dem Maße berührte. Wir waren nun mal alle keine Engel. Wir waren von Natur aus am Überleben interessiert, da konnte man nicht mit jedem mitleiden. Nun fragte ich mich, ob Priscilla und Bentivoglio sich vielleicht doch näher gekannt hatten und warum ich als ihre Freundin nichts davon wusste.

„Ich hab überlegt, dass doch die Wistlers Enis getötet haben könnten. Die stehen jetzt ganz oben auf meiner Liste“, eröffnete die Rauhaar. „Enis hat sicher rausgefunden, dass sie dealen, und hat sie erpresst.“

Priscilla schüttelte den Kopf. „*Sie* ist zu zierlich für so eine Tat. Und Herr Wistler wäre viel zu etepetete.“

„Zu feige“, verbesserte ich.

„Die Wistler könnte ihn dazu getrieben haben“, insistierte die Rauhaar.

„Kann ich mir nicht vorstellen. Das wäre wie einen Hund zum Jagen tragen“, hielt Priscilla dagegen.

„Vielleicht hat sie ihm gedroht, ihn rauszuwerfen. Dann säße er auf der Straße. Er hat kein Einkommen, so wie es aussieht, kein Vermögen, er schlittert direkt in die Obdachlosigkeit. Er hat den Mordbefehl aus Verzweiflung befolgt."

Priscilla schüttelte den Kopf wegen Rauhaars Hartnäckigkeit, nahm einen großen Schluck Wein und kam auf Bentivoglio zu sprechen. „Um Bentivoglio tut's mir leid. Er hat jeden Tag, während ich im Büro war, nach Boris und Churchill geschaut." Auf dem Gesicht der Rauhaar blitzte ein *Aha* auf. Priscilla beeilte sich hinzuzufügen: „Er musste sie nicht ausführen. Er hat einfach mit ihnen in der Wohnung gespielt. Das brauchen die beiden. Hunde kann man nicht den ganzen Tag sich selbst überlassen." Priscilla seufzte. „Was soll ich jetzt machen?"

Die Rauhaar und ich tauschten stumme Blicke. Niemand wollte das Wort *Hundesitter* in den Mund nehmen. Hundesitter sind teuer, und alle hatten eben darauf gezählt, dass Bentivoglio alles umsonst machte.

„Und dass ich's nicht vergesse …", Priscilla wirkte heute Abend ziemlich zerstreut, „… ich hab Matt Reynolds in der Stadt gesehen. Er war ganz in Schwarz. Ich dumme Kuh hab ihn gefragt, ob er auf einen Ball geht. Er hat ziemlich wütend geantwortet: *Auf eine Beerdigung.* Da will man eine witzige Bemerkung machen und schon tappt man in den Fettnapf."

„Moment mal!", rief die Rauhaar. „Heute war die Urnenbestattung von Enis ..."

„Woher wissen Sie das?" Ich wusste wieder mal nichts.

„Ein Zettel unten am schwarzen Brett."

Dort hängen immer das Haus betreffende Mitteilungen, und niemand liest sie. Außer anscheinend die Rauhaar.

„Oh, verdammt!“ Priscilla schob irgendetwas in ihrem Mund hin und her. Ihre Backen wölbten sich zu beiden Seiten. Dann knackste es leise. „Vielleicht hätten wir auch hingehen sollen.“
Ich bekam nun ebenfalls ein schlechtes Gewissen. Wir hatten zwar Enis nicht näher gekannt, aber immerhin waren wir Nachbarn. Wohnten eng nebeneinander. Es gab noch so etwas wie Pietät. Und aus Pietät hätten wir womöglich an Enis Beisetzung teilnehmen sollen. Jetzt war es zu spät …
Priscilla sah wirklich bleich aus. „Zu Bentivoglios Beerdigung geh ich auf jeden Fall. Das gehört sich.“
Auch die Rauhaar und ich wollten uns anschließen.
„Wir sollten Marcos Eltern anrufen. Unser Beileid aussprechen“, schlug Priscilla vor.
Ich nickte und wusste, dass ich das nicht machen würde. Ich war zu feige. Außerdem dachte ich, in so einem Fall kann eine fremde Person nur stören und kaum die richtigen Worte finden.
„Unsere Gesellschaft verroht immer mehr. Am Arbeitsplatz ist jeder gegen jeden, und die Chefs nutzen das aus. Freunden kannst du nicht mehr trauen …“ Ich schluckte. Priscilla fuhr fort: „Und wenn du stirbst, verscharren sie dich, und kein Hahn kräht nach dir. Keine Zeit fürs letzte Geleit. Zeit ist Geld.“
Die Rauhaar blickte finster drein.
Ich konnte nicht umhin zu sagen: „Neulich hab ich mich mal gefragt, wer zu meiner Beerdigung käme …“ Die anderen blickten mich entgeistert an. „Und ich kam auf niemanden.“

„Hm", steuerte die Rauhaar bei und dachte womöglich dasselbe.
Priscilla bemerkte etwas lebhafter: „Ich hab mich mal gefragt, wen ich überhaupt bei meiner Beerdigung haben möchte. Wenn ich jetzt unter die Erde käme, mein ich." Sie zog einen Flunsch. „Da kommen mir nicht gerade viele in den Sinn." Dann lächelte sie auf einmal. „Boris Johnson und Churchill."
Und wir mussten alle wie irr lachen.

Kapitel III

Am nächsten Morgen weckte mich in aller Frühe lautes Getrappel aus dem Treppenhaus. Dann hörte ich schrille Rufe. Immer wieder „Churchill!" Ich erkannte sofort Priscillas Stimme. Schließlich klingelte es an meiner Tür. Ich musste schon wieder im Schlafanzug aufmachen; es hatte etwas Unwürdiges. Auch Priscilla bemerkte nicht, dass ich noch im Schlafanzug war; ihre Aufregung war zu groß. „Churchill ist fort", keuchte sie und spie mir Spucketröpfchen ins Gesicht.
Ich musste sie zuerst beruhigen, um mehr zu erfahren.
„Ich wollte eben ins Büro, dann ist er durch den Türspalt aus der Wohnung entwischt. Das hat er noch nie getan." Sie atmete heftig. „Im Treppenhaus lag so eine Wurst auf dem Boden, die hat er sich geschnappt. Ich hab geschrien: *Aus*!" Sie brach in Heulen aus. „Das hätt ich nicht tun sollen. Er wollte die Wurst behalten und nur deshalb ist er weggedüst."
„Aber er kann doch nicht weit sein."

„Im Treppenhaus ist er nirgends. Bestimmt stand die Eingangstür auf …“
„Ich zieh mir schnell was über und such mit“, versprach ich.
Im Hintergrund kamen die Feldner-Schwestern die Treppe runter. Auch sie waren auf dem Weg zur Arbeit. Priscilla klammerte sich gleich an die beiden, und sie halfen nun auch bei der Suche.
Minuten später war ich bereit. Von unten blickte die Rauhaar zu mir herauf. Jean schien ebenfalls zu suchen und lief gerade nach draußen. Churchill war natürlich auf die Straße entwischt. Sonst hätten wir hier drinnen sein Gebell gehört. Es war nur allzu verständlich. Endlich tat sich für ihn ein Weg in die Freiheit auf. Sein Leben lang tippelte er an der Leine und war in zwei kleinen Räumen eingeschlossen. Zum ersten Mal war er jetzt draußen frei. Niemand schränkte ihn ein. Er konnte sich freien Lauf lassen, nach Belieben herumschnüffeln und sich austoben. Dieser kleine Hund spürte wahrscheinlich das Glücksgefühl seines Lebens. Er lernte das Wildsein kennen und vielleicht würde er sich in seinen Träumen noch lange daran erinnern, über Straßen und Wiesen zu rasen, wenn er schon wieder eingefangen war. Ich hoffte fast, sie würden Churchill nicht gleich finden, damit er seine Freiheit noch ein bisschen auskosten konnte.
In dem Moment kam Zimmermann von unten hoch. Churchill hing wie ein Lappen über seinen Armen. Meine Güte, sie hatten ihn überfahren, und ich hatte noch frohlockt, dass er über die Straßen raste. Ich fühlte mich scheußlich. Zimmermann blieb vor mir stehen. Sein Blick

wirkte, als entschuldige er sich. Von nahe sah ich Erbrochenes an Churchills Schnauze kleben.
„Er lag im Keller“, erklärte Zimmermann. „Muss was Giftiges gefressen haben.“
„Die Wurst!“, entfuhr es mir.
Zimmermann sah mich fragend an. Ich erklärte ihm alles.
„Dann hat ihn jemand vergiftet“, schlussfolgerte er. „Wo ist Priscilla?“
Im Treppenhaus war niemand mehr. Sicher waren alle draußen.
Zimmermann musste ins Büro. Ich sagte ihm: „Ich warte auf Priscilla.“
Er legte Churchill so vorsichtig vor meiner Tür ab, als lebe er noch. Ich sah auf das Tier hinab. Sein Fell sah nass aus. Es roch schlecht, seltsamerweise ein wenig süßlich.
Wenig später standen wir um Priscilla und Churchill herum und mussten zusehen, wie Priscilla heulend über ihm kniete und ihn immer wieder hochhob und schüttelte, als wolle sie ihn so wieder zum Leben erwecken.
Auch die Rauhaar hatte gleich das Erbrochene um Churchills Maul bemerkt und laut gerufen: „Jemand hat ihn vergiftet!“
„Die Wurst, es war Absicht“, jammerte Priscilla.
Die Feldner-Schwestern sahen betreten drein. „Wer tut so was?“, fragte die eine.
Ich sah ihnen das schlechte Gewissen an, als sie sich entschuldigten und zur Arbeit gingen.
Jean nahm etwas von dem Erbrochenen mit einem Taschentuch auf und schlug vor, Churchill in eine Tüte zu packen und Priscilla zum Tierarzt zu begleiten.
Die Rauhaar und ich blieben im Treppenhaus zurück.

Das Haus wirkte leer. Es war unheimlich ruhig. Ab und zu hörte man Boris Johnson kläglich jaulen. Er war in Priscillas Wohnung zurückgeblieben. Tiere haben einen siebten Sinn; Boris spürte sicher, dass Churchill für immer fort war.
Niemand war Priscillas Erschütterung entgangen. Ich konnte mir vorstellen, dass eine Mutter, deren Kind gestorben ist, so reagiert. Die Hunde waren nicht Priscillas Kinder, aber für sie wie enge Familienmitglieder. Der Schmerz ging tief. Ich fragte mich, wie man für ein Tier so stark empfinden konnte. Für ein Wesen, das nicht mit uns spricht. Dessen *Gedanken* wir kaum lesen können. Haben manche Menschen einen näheren Zugang zu Tieren und entwickeln deshalb mehr Gefühle zu ihnen? Gelingt es ihnen, mit einem Tier auf einer nicht-sprachlichen Ebene anspruchsvoll zu kommunizieren?
Die Rauhaar beschäftigte etwas ganz anderes. „Es war eine Warnung!“, stellte sie trocken fest.
Ich blickte sie erschrocken an.
„Priscilla weiß zu viel“, erklärte sie. Als ich nichts erwiderte, fügte sie hinzu: „Über den Mörder.“
Jetzt musste ich lachen. Das hielt ich doch für zu unwahrscheinlich.
Die Rauhaar fuhr fort, ohne mit der Wimper zu zucken: „Der Mörder hat es nicht auf Priscilla abgesehen. Er will sie nur zum Schweigen bringen. Das kennt man von der Mafia. Ich gucke immer Kommissar Montalbano. Da zeigen sie deren Gebräuche. Wenn sie dich warnen, werfen sie ein totes Tier in deinen Garten oder vergiften deinen Hund. Einmal fand einer, der die Klappe halten sollte,

einen blutigen Schafskopf unter seiner Bettdecke …" Die Rauhaar war jetzt in ihrem Element.
Ich versuchte vorsichtig einzuwenden: „Und wenn jemand nur das Gebell gestört hat?" Für mich fantasierte die Rauhaar wieder blanken Unsinn zusammen.
Die Rauhaar hielt inne und gab plötzlich zu, dass das jedenfalls eine Möglichkeit war. Sie hatte ein feines Gespür dafür, wann sie ernst genommen wurde und wann nicht, und lenkte ein. „Das Gekläffe haben viele nicht ertragen. Nicht nur Marina hat immer über die Köter geschimpft. Auch Ramona. Ich hör sie unten natürlich auch. Mich stören sie aber weniger." Sie hielt inne. „Tja, jetzt gibt es nur noch einen."
Von oben hörte man ein Geräusch, dann jemand die Treppen herunterkommen, -springen … Ich zuckte zusammen. Eben war es noch so ruhig gewesen. Mir machte auf einmal alles Angst, stellte ich fest. Dem Himmel sei Dank, es war nur Matt. Im Jogginganzug. Als er uns sah, hielt er an und fragte: „Was war das für ein Lärm eben im Treppenhaus?"
Die Rauhaar erzählte bereitwillig und ausschmückend, wie man den kleinen Churchill mit einer Wurst vergiftet hatte.
Matt zog die Brauen hoch. Er wirkte verschlafen. Informationen brauchten eine Zeit lang, bis sie in sein Bewusstsein drangen. Er brachte nur „Seltsam" heraus.
Matts Augen waren ganz rot. Hatte er geweint? In seinem blassen Gesicht traten die dunklen Ringe unter den Augen besonders deutlich hervor.
„Können wir etwas für Sie tun?", fragte die Rauhaar zu meiner Überraschung.

Matt schüttelte wild den Kopf, stotterte „D-danke“ und sprang weiter.
Erst als wir die Eingangstür ins Schloss fallen hörten, sagte die Rauhaar verschwörerisch leise: „Mit dem Mann stimmt was nicht. Er hat sich völlig verändert seit dem Tod von Enis. Warum bin ich nicht gleich drauf gekommen? Womöglich hat doch er …?“ Sie sprach nicht weiter, weil unten wieder die Eingangstür ging.
Ramona stieg aus dem Aufzug. Mit einer Einkaufstasche. Die Rauhaar trat sofort auf sie zu und erzählte ihr, was sie heute Morgen verpasst hatte.
Ramona reagierte kaum, sagte nur: „Um den Köter ist es nicht schade“, mit rollendem R und als schriebe man Köter mit zwei T. Dann verschwand sie geschäftig in ihrer Wohnung.
Die Rauhaar flüsterte nun, falls Ramona an der Tür horchte: „Hast du den Hass in ihren Augen gesehen?“
Ich hatte nichts bemerkt.
„Ich glaub, ich hab’s. Ich bin allem, was hier drin passiert, auf der Spur. Es ist nur so kompliziert, ich muss es erst aufschreiben.“ Die Rauhaar hatte es auf einmal eilig, in ihre Wohnung zu kommen. Ich blieb verwirrt zurück.

Auch nach einem ausgiebigen Frühstück und einer kalten Dusche fiel es mir schwer, mich auf meine Arbeit zu konzentrieren. Innerhalb kürzester Zeit war ein Einwohner ermordet worden, ein anderer plötzlich gestorben, ein Hund vergiftet worden. Würde noch etwas passieren, lag es nahe, von einem *Unglückshaus* zu sprechen. Das bedeutete nach meinen Forschungen, dass noch weiteres Unglück folgen könnte. In Berlin gab es 2013 ein solches Unglückshaus. Das Hamburger Abendblatt hatte darüber berichtet. Innerhalb weniger Jahre kamen dort neun Nachbarn auf höchst tragische und merkwürdige Weise ums Leben. Hypothetisch erklären kann man das mit dem Prinzip der *morphischen Resonanz*: Vergangene Aktivitätsmuster haben einen Einfluss auf spätere Aktivitätsstrukturen ähnlicher Art. Gleiches beziehungsweise Ähnliches zieht sich sozusagen an, tritt mit Gleichem beziehungsweise Ähnlichem in Resonanz. Und die Wiederholung des Ähnlichen beziehungsweise des Gleichen hat einen *Verstärkungseffekt*. Ein Unglück in einem Haus kann danach ein weiteres, ähnliches Unglück anziehen und es geht dann verstärkt so weiter. Das alles ist möglich, weil alles gespeichert wird. Ein Prinzip des Okkultismus, *similia similibus evocantur*, das bereits der Antike entstammt, besagt dasselbe. So geht die Philosophie der hellenistischen Antike davon aus, dass Gleiches immer durch Gleiches erkannt wird. Bei Empedokles etwa zieht sich Gleiches an. Und Plotin ging davon aus, dass vermittels Ähnlichkeit beziehungsweise Sympathie alles im All zusammenhängt: dass zum Beispiel ein Bild, das eine Ähnlichkeit zu einer Gottheit schafft, die höheren Kräfte der Gottheit auf das Bild zieht und fortan göttliche Kraft ausstrahlt. Heute finden wir dieses seltsame Prinzip in der Physik. Es liegt der Resonanzkopplung zugrunde. Resonanzkopplung bedeutet die wechselseitige Beeinflussung zweier mit gleicher (ähnlicher) Frequenz schwingender physikalischer Systeme, bei der Energie oder Information übertragen wird. Indem sich Gleiches beziehungsweise Ähnliches überlappt, wird also Energie und Information transportiert. Ähnliches zu Ähnlichem könnte

damit sogar der Selektionsmechanismus beim Aufbau eines Universums sein. Ich grübelte und grübelte …
Was auch noch sein konnte: Unser Haus war *verflucht*! Ein Fluch setzt ebenfalls voraus, dass eine Person, ein Ding, ein Ort, die, das oder der mit ihm belegt wurde, sich von ihm imprägnieren lässt, ihn speichert, dass er diesen fortan anhaftet und sich sogar noch erfüllt. Wir haben hier also ein Gedächtnis, das Wirkungen zeitigt. Einer der berühmtesten Flüche ist der des Tutanchamun: „Der Tod soll den mit seinen Schwingen erschlagen, der die Ruhe des Pharao stört!“ Dieser Fluch stand auf einer kleinen Tontafel in Tutanchamuns Grab. Dieser kleine Gegenstand speicherte also den Fluch. Lord Carnarvon, der das Grab öffnete, wurde am selben Tag von einem Moskito gestochen und starb an einer Blutvergiftung. Weitere Todesfälle folgten. Noch etliche weitere Menschen, die das Grab besucht hatten oder die mit der Mumie Tutanchamuns in Berührung gekommen waren, starben kurze Zeit später.
Lag auf unserem Haus etwa ein Fluch? Und wenn es so wäre, was folgte hieraus? Etwas ganz Einfaches: in diesem Haus durfte man schlicht nicht länger bleiben …

Die Einladung von Frau Rauhaar zum Käsefondue am Abend war für mich die reinste Erlösung nach so vielen Grübeleien. Als ich die Treppe ins Erdgeschoss hinunterstieg, konnte ich bereits den Käseduft riechen. Meine einzige Sorge war Priscilla. Wäre sie immer noch dermaßen niedergeschlagen? Ich sehnte mich nach einem unbeschwerten Abend, einem Abend, an dem man sich vergessen konnte, der den schlimmen Ereignissen etwas von ihrer Bedrohlichkeit nahm.

Ich war noch nie in der Wohnung der Rauhaar gewesen. Sie hatte aus dem kleinen Wohnzimmer etwas Hübsches gemacht. Die Möbel waren zierlich, so wirkte der Raum größer. Der Esstisch war rund und antik und reichte halb in die offene Küche. Auf einem breiten roten Wollteppich standen graue Polstermöbel mit bunten Kissen in rotorange, zitronengelb, hellgrün und türkis. Dicke Leinenvorhänge in Cremeweiß machten das Zimmer beinahe zu einem kleinen Luxusnest. Um die Abendsonne abzuschirmen, waren sie zugezogen. Oder damit man nicht auf die nahe Hauswand mit ihren schadhaften Balkonen sehen musste. Nur das Küchenfenster stand weit auf. Es drang laue Luft ein.

Priscilla saß schon mit einem Glas Campari Orange, der genau zu den Kissen passte, auf dem Sofa. Zu ihren Füßen lag Boris Johnson. Ihre Augen waren verquollen. „Ich kann ihn nicht alleine lassen. Er hat noch einen Schock."

Die Rauhaar rollte kaum merklich die Augen. Ihr war sicher ein Hund in ihrer adretten Wohnung zuwider, und Boris Johnson haarte. Sie sagte aber nichts, nahm Rücksicht.

Während sich die Rauhaar in der Küche zu schaffen machte, rief sie herüber: „Es war Blausäure!"

Priscilla erklärte weinerlich: „Dem Tierarzt ist der Geruch gleich bekannt vorgekommen – Bittermandel. Und dann haben sie das Erbrochene analysiert."

Ich sah Churchill vor mir, ein schlaffes Tuch über Zimmermanns Armen, sein Maul von Erbrochenem verschmiert, das Fell verklebt, und hatte auf einmal jegliche Lust auf das Käsefondue verloren. Der Hund hatte in der Tat seltsam gerochen. Nach Kot und so etwas wie Marzi-

pan, nach süßlichem Kot ... Damit mir nicht auch noch schlecht wurde, schenkte ich mir eine doppelte Portion Campari ein und trank das bittere Zeug pur. Die Bitterkeit tat gut, mein Magen erwärmte sich. Ich atmete tief ein, langsam wieder aus, und versuchte mich zu entspannen.
Ich konnte nur hoffen, dass die Rauhaar bald in der Küche fertig wäre, Priscilla sagte nämlich gar nichts mehr. Und mir fiel nichts ein, womit ich sie aufheitern konnte. Ich hatte keine Erfahrung mit jemandem, der um ein Haustier trauerte. Priscilla blickte einfach zu Boden, als sei sie alleine im Zimmer, verzog ab und zu die Lippen und streichelte Boris Johnson sanft den Kopf. Ich stand schließlich auf, ging ein paar Schritte im Zimmer auf und ab und sah mir das Bücherregal an. „Die Tote im Sumpf", „Giftpflanzen", „Giftige Pilze", „Fälle der Gerichtsmedizin", „Wahre Verbrechen", „Der perfekte Mord", „Ungeklärte Verbrechen", „N.Y.C", „Midsomer Murders" …
„Zu Tisch!", rief es laut hinter meinem Rücken. Ich zuckte, als versetzte mir jemand einen Hieb in den Nacken.
Das durchs Küchenfenster hereinströmende Lüftchen tat gut. Ich hatte auch wieder ein kleines bisschen Appetit. Der Alkohol hatte meine Magennerven betäubt. Ich unterhielt mich bereits mit der Rauhaar darüber, wie schwierig es ist, sich Blausäure zu besorgen, als uns auffiel, dass Priscilla sich noch gar nicht zu uns gesetzt hatte. Ich musste noch mal aufstehen und sie holen.
Zuerst aß Priscilla nichts. Bis wir sie aufforderten. Langsam tauchte sie ein Stück Brot nach dem anderen in die gelbe Käsemasse, nippte von dem Weißwein und sachte breitete sich so etwas wie Normalität aus.

„Wer immer es auf sich genommen hat, diese Blausäure zu besorgen, muss einen wirklichen Hass auf Churchill gehabt haben“, schloss die Rauhaar.
Priscilla nickte heftig. „Wie kann man einem unschuldigen Wesen so etwas antun?“ Es fiel Priscilla schwer, überhaupt etwas zu sagen. Sie sprach wie zeitverzögert. Und sie schien sichtlich froh, als die Rauhaar den Sprechpart erneut übernahm.
„Ich hab also meine Gedanken geordnet und alles niedergeschrieben.“
Ich erinnerte mich, dass die Rauhaar etwas in der Art tun wollte. Sie meinte, etwas *Großem* auf der Spur zu sein.
„Es ist alles viel komplizierter, als ich anfangs dachte. Möglicherweise haben wir nicht einen Mörder, der hier agiert, sondern *das Haus ist die Hauptperson*.“
Priscilla wachte auf, und ich hätte beinahe wieder laut losgelacht und hustete heftig, um mich zu bremsen. „Entschuldigt, ich hab mich verschluckt.“
Die Rauhaar fuhr ungerührt fort: „Das Haus erzeugt Aggressionen.“
„Bitte?“
„Im Haus leben viel zu viele Personen auf zu engem Raum. Tut man zu viele Ratten in denselben engen Käfig, gehen sie aufeinander los. Bis nur noch eine übrig bleibt. So ist es auch mit dem Haus. Das Haus ist schuld.“
Ich staunte. So ganz weit weg befand sich die Rauhaar da auch nicht von meinen Überlegungen. Priscilla schien für Momente ihren Kummer zu vergessen, sie wirkte verblüfft. Rauhaars Theorie klang … interessant!

„Irgendwann ist eine Art Siedepunkt erreicht, und es passiert. Eine Person im Haus greift eine andere an. Und auf einmal drehen alle durch. Am Ende ist jeder gegen jeden.“
Ich überlegte. Etwas erschien mir da doch schief. „Wäre es dann nicht logisch, es fängt mit kleinen Sticheleien an? Ich meine, gleich mit einem Mord zu beginnen …“
Die Rauhaar unterbrach mich: „In einem Roman würde man das so aufbauen. Menschen verhalten sich aber nicht logisch. Die erste Aggression kann ein Mord sein, die zweite nur ein vergifteter Hund …“
Priscilla explodierte wie aus heiterem Himmel, schrie plötzlich: „He, was heißt *nur ein Hund*!“ Sie wurde so ungehalten, dass wir sie nur mühsam überreden konnten, noch zu bleiben. Und wenn sie nicht Angst davor gehabt hätte, mit dem toten Churchill im Kopf *alleine* in ihrer Wohnung zu hocken, wäre sie wahrscheinlich auch gegangen.
Priscilla beruhigte sich wieder, sobald die Rauhaar fortfuhr.
„Churchill ist nicht das letzte Opfer“, sagte die Rauhaar, und es hörte sich nun so an, als spräche sie von einer Person. Priscilla nickte eifrig. „Wir werden hier noch eine Menge Unheil erleben. Um herauszubekommen, was uns noch bevorsteht und wer an den zwei Morden schuld ist, müssen wir nur eine Liste machen, wer wen hasst.“
Priscilla wirkte voll zufrieden, dass die Rauhaar in Bezug auf Churchill sogar von Mord gesprochen hatte.
Die Rauhaar stand unvermittelt auf und kam mit einem Blatt Papier wieder zurück. Auf dem Blatt waren alle Mieter namentlich im Kreis aufgezeichnet und mit unglaublich vielen Linien verbunden. Es war ein Gewirr.
„Diagramm nennt man so was“, behauptete die Rauhaar stolz.

„Na, da hasst ja bald jeder jeden …“, bemerkte Priscilla unsicher.
„Genau“, erwiderte die Rauhaar im Brustton der Überzeugung. „Marina hasste Enis und hasst Ramona. Sie verachtet die Mooskop, will sie schon ins Altersheim abschieben lassen. Sie hasst dich, Priscilla, wegen der Hunde. Sie sieht auf Jean herab, schimpft ständig über ihn. Sie mag auch Matt nicht, weil er homo ist.“ Mir entschlüpfte ein „Ah?“. Ich hatte wieder nichts gewusst. „Priscilla, du hasst Marina …“ Priscilla protestierte. Man solle die hier Anwesenden gefälligst auslassen. Die Rauhaar fuhr ungerührt fort. „Jean konnte Enis nicht leiden und mag auch Ramona nicht. Er hat inzwischen auch was gegen die Feldner-Schwestern, weil die seine Avancen abgelehnt haben.“ Auch da war ich nicht im Bild ... „Jean ist attraktiv, hat Charme, die Frauen fliegen auf ihn, da kann einen Mann eine Zurückweisung verdammt kränken, er versteht die Welt nicht mehr … Dann haben wir die Wistlers, die sehen auf uns alle herab, hab ich den Eindruck. Aneinandergeraten sind sie mit Ramona, die hat sich bei der Verwaltung beschwert, dass es im Treppenhaus wegen der Wistlers immer stark nach Rauch rieche. Der arme Marco Bentivoglio hat Enis und Ramona gehasst. Und vielleicht uns alle, da er zu allen ständig hilfsbereit war, obwohl er das gar nicht wollte. Die Feldner-Schwestern haben genug von Jean, sie wollen nichts mit ihm zu tun haben, sie suchen keinen One-Night-Stand mit einem Muttersöhnchen und sind sauer, dass Jean nicht aufgibt. Ramona hasst Jean, weil er sie beleidigt hat. Sie ist auch böse auf die Wistlers. Sie fühlt sich nicht anerkannt im Haus, fühlt sich womöglich gemobbt wegen ihrer Vergangenheit als Bardame.“ Die Rau-

haar räusperte sich. „Und alle hassen Marina. Sie ist ein Biest." Der Ton der Rauhaar wurde auf einmal weicher. „Matt ist schön und zu allen nett. Ich kann mir aber denken, dass ihn so mancher nicht leiden kann, weil er homo ist, und dass er auch beneidet wird ... Ich könnte noch viel mehr ausführen ... Kurz, wir haben den Siedepunkt erreicht."

„Und fast jeden kann es demnach als Nächsten treffen", schloss ich und unterdrückte ein Lachen. „Einen haben wir aber vergessen. Zimmermann."

Die Rauhaar guckte entgeistert. „Stimmt … Dumm von mir. Er ist der Einzige, der was Positives ins Haus gebracht hat … " Sie überlegte. „Aber auch er gehört natürlich in mein Hass-Schema, weil er den Hass auf sich ziehen könnte. Wie viele hier drinnen mögen ihn nicht, einfach, weil er der Einzige ist, der eine Luxuswohnung hat und sich alles leisten kann?"

Priscilla nickte ruckartig.

„Daher schlage ich vor, wir müssen uns wappnen", schloss die Rauhaar mit Nachdruck.

Priscilla fragte kleinlaut: „Und wie?"

Es schien Priscillas voller Ernst. Sie war traumatisiert und konnte nicht mehr richtig denken, vermutete ich.

Die Rauhaar schlug vor, dass wir alle im Haus unter Beobachtung nahmen. Wissen sei Macht. Und dass wir uns jeden Abend zu einem Informationsaustausch trafen. „Ich will rausfinden, wer Churchill kaltblütig umgebracht hat", sagte sie noch und blickte zu Priscilla.

Priscilla nickte. Tränen sammelten sich in ihren Augenwinkeln. „Das Dreckschwein", brachte sie weinerlich heraus.

Mir ging kurz durch den Kopf, wie Marina mir gegenüber auf die Hunde geschimpft hatte. Einmal hatte sie sogar gesagt, die Chihuahuas sähen aus wie große Ratten ... Ratten vergiftet man ... Ich sagte es aber nicht. Ich wollte nicht noch Öl ins Feuer gießen.
Als die Rauhaar uns zur Tür begleitete, machte sie nicht gleich auf, sondern spickte zuerst durch den Spion. Dann flüsterte sie: „Die Luft ist rein“, und schob uns hinaus.

In der nächsten Zeit häuften sich Episoden nachbarschaftlicher Feindschaft. Ich fragte mich, ob es im Haus schon immer solchen Zwist gegeben hatte und es mir nur jetzt besonders auffiel, da die Rauhaar mich darauf aufmerksam gemacht hatte. Und ob Rauhaars These zutraf, dass sich im Haus ein gigantischer Frust aufgebaut hatte, der mittlerweile jeden gegen jeden aufbrachte, der quasi am Explodieren war. Ich glaubte durchaus, dass es so etwas geben konnte. Es passte im Übrigen zu meinen Forschungen über das Gedächtnis von Orten. Je mehr Ärgernisse am selben Ort geschahen, desto unangenehmer wurde die negative Ausstrahlung des Ortes, es konnte sogar ein Sog entstehen; alte Ärgernisse zogen neue nach sich, zogen sie quasi magisch an.
Gleich am Tag nach dem Käsefondue-Abend bei der Rauhaar erfuhr ich am eigenen Leib eine solche Episode nachbarschaftlicher Feindschaft. Marina Dunst fiel im Keller über mich her. Ob ich Löcher in ihre Wäsche geschnitten hätte. Ich begriff zunächst nicht, was sie meinte. Sie packte mich am Arm und zog mich in ihre Waschküche, um es mir zu demonstrieren. In ein paar T-Shirts und Unterho-

sen zeigte sie mir winzige Löchlein, die mir mit bloßem Auge kaum aufgefallen wären.
„Vielleicht ist die Waschtrommel defekt“, versuchte ich sie zu besänftigen. Ich bekam langsam Angst: Marina blickte mich an, als könne sie mich mit Augenstrahlen vernichten. Ich schob hastig eine weitere mögliche Erklärung nach. „Oder es waren Motten…“
„Quatsch“, schrie sie jetzt so laut, dass meine Trommelfelle vibrierten.
Ich sah nochmals schuldbewusst auf die kleinen Löcher.
„Die Löcher sind nicht ausgefranst, sondern sauber ausgeschnitten!“
Mir wurde klar, ich musste mich jetzt verteidigen, und erhob ebenfalls die Stimme: „Du willst doch nicht sagen, *ich* mache so was?“
Sie zuckte. Wahrscheinlich hatte sie nicht damit gerechnet, dass ich mich wehrte. Hatte sie mich doch lange Zeit immer kritisiert, ohne dass von mir ein Protest gekommen war.
„N-nein“, antwortete sie schließlich. Ihre Stimme glich einem Ballon, aus dem die Luft entwich. Gleich fügte sie wieder schallend hinzu: „Wer kann das gewesen sein?“ Als müsste ich es wissen.
Ich zuckte nur mit den Achseln. Die Sache war kindisch, glich einem Streich, das sagte ich aber nicht. Ich fürchtete mich vor Marinas Wut.
Und es gab noch mehr Ärgernisse. Einen Tag später sah ich den Hausmeister, Herrn Grullo, mit verdrehtem Körper ein Graffiti von unserer Hauswand abschrubben. Es waren drei Buchstaben in Rot: SAU. Er beklagte sich, dass das eigentlich nicht zu seinen Aufgaben gehörte. Die be-

schränkten sich auf fünf Stunden Hausreinigung in der Woche und allfällige kleine Reparaturen. Herr Grullo war Rentner und gichtgeplagt.
Vor Ramonas Wohnung fiel mir dann eines Morgens ein Aschehäufchen auf. Direkt auf ihrem Fußabtreter. Das Häufchen zerstob in alle Richtungen, als ich es anblies, und hinterließ überall einen hässlichen grauen Staub. Und Priscillas Boris Johnson hatte sich wunde Pfoten im Treppenhaus geholt. Es hatte im ganzen Erdgeschoss und besonders vor Priscillas Tür intensiv nach Salmiak gestunken. So hatte es hier noch nie gerochen. Auch nicht nach der wöchentlichen Hausreinigung. Der Verdacht lag nahe, dass jemand eigens, um dem Hund zu schaden, das scharfe Zeug auf den Boden gekippt hatte.
Bei meinen allabendlichen Treffen mit der Rauhaar und Priscilla erfuhr ich von noch mehr unangenehmen Vorkommnissen:
Die Rauhaar sagte, sie spürte im Haus immer deutlicher eine geladene Stimmung. Eine Spannung, die sich jederzeit entladen konnte. Sie hatte mittlerweile sogar einen Hauptverursacher ausgemacht. Sie war ja ständig auf Beobachtungsposten. Jean! Zweimal hatte sie ihn dabei erwischt, wie er nachts bei den Feldner-Schwestern klopfte. Sie hatte die Schwestern von drinnen fluchen gehört. Die Schwestern hatten nicht aufgemacht. Und sie hatte Jean dabei erwischt, wie er, als er aus dem Haus ging, bei den Feldner-Schwestern klingelte und dann einfach weglief. Ramona hatte der Rauhaar ferner geklagt, dass jemand ihre Feinwäsche auf 90 Grad eingestellt hatte, und alle ihre Seidenslips und -hemden geschrumpft seien. Die Wäsche hatte sie ein Vermögen gekostet. Sie war so erschüttert, dass sie der

Rauhaar in die Arme fiel und hemmungslos weinte. Die Rauhaar hatte Ramona nicht verraten, dass sie sicher war, Jean habe sich während des Waschgangs in die Waschküche geschlichen.
Priscilla hatte die Wistler und Zimmermann bei einem Streit ertappt. Sie hatte zufällig gesehen, wie die Wistler bei Zimmermann geläutet hatte. Schon als er rauskam, war seine Reaktion hörbar ungehalten gewesen. Priscilla hatte aber leider vom Erdgeschoss aus nicht verstehen können, um was es ging. Priscilla war immer noch schwer beeinträchtigt durch Churchills Verlust. Sie wirkte geschwächt und verunsichert. Jemand hatte es gewagt, Priscilla ihr Liebstes zu nehmen, und jetzt zuckte sie bei jedem Geräusch zusammen. Ich war schon froh, dass sie sich wieder an der Unterhaltung beteiligte und Interesse zeigte.
Wer nun SAU auf unsere Hauswand gesprüht hatte, blieb ein Rätsel. Und wem es galt, ebenso. Damit konnte sowohl ein Mann wie eine Frau gemeint sein.

Ich war schon dabei gewesen, mich mit Rauhaars These anzufreunden. Bei längerem Überlegen fand ich sie jedoch immer weniger überzeugend. Die Ärgernisse, die im Haus vorkamen, waren einfach zu klein. Solche kleinen Ärgernisse gab es womöglich in jedem Haus. Sie waren normal, wo Menschen auf engem Raum zusammenlebten. Diese kleinen Streitereien mussten nicht zwangsläufig zu Mord und Totschlag führen. Und aus solchem Kleinzeug konnte auch kein weiteres Unheil drohen.

Kapitel IV

Über wen wir lange nicht mehr gesprochen hatten, war Frau Mooskop. Sie war völlig von unserem Radar verschwunden. Vielleicht lag es daran, dass sie einfach nicht die Person war, die irgendjemandem etwas Böses wollte oder tat. Sie war einfach froh, wenn sie in Ruhe gelassen wurde. Andere Menschen machten ihr Angst.
Ausgerechnet die stille Mooskop, die fast unsichtbar zum Supermarkt huschte, sorgte nur wenige Wochen nach Enis Tod für riesige Aufmerksamkeit.
Im Treppenhaus roch es seit Kurzem modrig und wie nach verfaulten Eiern. Die Rauhaar meinte, jemand ließe dort Stinkbomben platzen, um uns alle in Rage zu bringen, und hatte wieder Jean im Verdacht. Auch der Hausmeister, Herr Grullo, hatte im Treppenhaus einen verdächtigen Geruch bemerkt und verständigte die Verwaltung. Er war sich sicher, der Geruch stamme aus Frau Mooskops Wohnung.
Als der Verwalter bei der Mooskop läutete, öffnete sie nicht.
Die Rauhaar hatte alles beobachtet und mich umgehend alarmiert.
„Etwas stimmt bei der Mooskop nicht! Sie knacken ihre Tür."
Ich wollte der Rauhaar erst nicht nach oben in den dritten Stock folgen. Doch sie zog mich am Arm einfach mit.
Als wir im dritten Stock aus dem Aufzug stiegen, nahm uns ein Schwall von Gestank den Atem. Die Tür zur Wohnung der Mooskop stand auf; der Verwalter hatte sich mit seinem Generalschlüssel Zutritt verschafft.

Herr Grullo und der Verwalter standen rechts und links von Frau Mooskop.
Frau Mooskop lag auf dem Küchenboden und war mit Taubenfedern bedeckt. Der Verwalter und Herr Grullo starrten uns hilflos an.
„Was ist denn passiert?“, fragte die Rauhaar vorsichtig. Ihre Gesichtsfarbe wirkte ungesund.
Der Verwalter musste sich erst das Taschentuch von Mund und Nase nehmen. „Polizei und Notruf sind verständigt. Wir warten.“
Ich wollte mich abwenden, wollte nicht in das schreckliche Gesicht am Boden blicken, konnte aber nicht, musste hinstarren, sogar ganz genau Frau Mooskops offenen Mund, die spitze Nase, die grün-graue, wächserne Haut, und das Schlimmste, die ausgepickten Augen, ansehen. An den Rändern der Augenhöhlen klebte rotschwarzes Gallertartiges. Es war wie in einem Gruselfilm; man sieht weg, wenn die Kamera auf das Totenkopfgesicht mit den Fleischfetzen zoomt, und dann gleich wieder hin. Weil man es doch sehen will, sehen muss.
„Nadja, ich gehe …“, flüsterte die Rauhaar, „… mir wird schlecht.“ Es klang wie eine Entschuldigung. Die Rauhaar schien sich verpflichtet zu fühlen, auf Beobachtungposten zu bleiben; sie nahm das Spionieren ernst wie einen Beruf.
Ich kam mit nach unten. Ich ertrug den Geruch nach Kot und verwesendem Fleisch nicht mehr.

Zur Stärkung und um die neuerliche Situation zu besprechen, lud mich die Rauhaar auf einen starken Kaffee ein, dem sie einen Schluck Cognac zufügte. Es war noch heller Nachmittag, aber an Arbeit war bei mir nicht mehr zu

denken. Also kippte ich das heiße, scharfe Zeug hinunter. Es beseitigte tatsächlich die Übelkeit.
„Frau Mooskop war eindeutig tot", stellte die Rauhaar überflüssigerweise fest. „Ich frage mich nur, wer sie auf dem Gewissen hat."
Ich musste noch einen kräftigen Schluck nehmen. „Haben Sie die Müllsäcke gesehen?"
In der Küche türmten sich Müllsäcke. Alle waren aufgepickt, und der Müll war herausgequollen. Frau Mooskops Gang stand voll mit Kartons und gebündeltem Papier. Auf einer schmalen Kommode stapelten sich irgendwelche Textilien oder Lappen. Der Garderobenspiegel war mit dünnem, weißem Kot besudelt. Auf seinem oberen Rand mussten Tauben gesessen haben.
Mich beschäftigte mehr noch die Szenerie als die Frage, was der Mooskop zugestoßen war. Ich hatte so etwas noch nie gesehen. Hitchcocks *Vögel* erschienen mir läppisch dagegen.

Am Abend, als ich alleine in meiner Wohnung vor dem Fernseher saß, kam mir ein satanischer Ritualmord in den Sinn. Zumal die Rauhaar mir keine Ruhe ließ und unbedingt an ein weiteres Verbrechen glauben wollte. Dass die Mooskop mit Taubenfedern bedeckt war und überall Taubenkot klebte, konnte eine satanische Botschaft des Mörders sein. Was macht ein satanisches Verbrechen aus? Normalerweise leitet sich diese Einordnung aus der Inszenierung der Tat, der Persönlichkeit des Mörders, aus dem Umgang mit den Leichen und dem Vorhandensein religiöser Symbole ab. Die Taube ist ein religiöses Symbol. Das Symbol wurde gleichzeitig entweiht, indem überall Taubenkot verschmiert und Taubenfedern ausgerupft worden waren. Mein Gehirn raste. Irgendwann bremste ich mich und sagte mir, dass selbst die Rauhaar kein satanisches Verbrechen in Erwägung gezogen hatte. Sie glaubte an ein *normales* Tötungsdelikt und hatte *lediglich* Marina im Verdacht. Niemand hasste die Mooskop, niemand ärgerte sich über sie, außer Marina. Marina hatte sie bei der Verwaltung angezeigt, weil sie Tauben fütterte und der Taubenkot von Frau Mooskops Sims im dritten Stock bis auf Marinas Sims im ersten Stock tropfte. Auch Körner- und Brotreste landeten auf Marinas Sims. Tauben seien die Ratten der Luft, hatte Marina die Mooskop einmal angeschrien. Es sei strengstens verboten, sie zu füttern. Nach diesem Angriff war die Mooskop tagelang nicht mehr aus ihrer Wohnung gekommen. Der Kot und die Futterreste landeten aber weiterhin auf Marinas Sims, und so hatte Marina sie angezeigt. Die Verwaltung hatte daraufhin Frau Mooskop verwarnt. Fortan landeten der Kot und die Futterreste auf meinem Sims. Die Mooskop schien das Sims gewechselt zu haben, und der Wind trug nun die Reste zu mir. Ich beschwerte mich nicht. Die Tauben waren das Einzige, was die Mooskop noch hatte … Das war nun noch nicht das Schlimmste, was Marina der Mooskop angetan hatte. Folgte man der Rauhaar und Priscilla, plante Marina, die Mooskop gar in ein Heim einweisen zu lassen. Ich erinnerte mich nun auch, dass Marina mich gewarnt hatte, wenn die Mooskop im Treppenhaus war, müsse man eine halbe Stunde lang lüften, sie würde sich nie waschen und stinke. Sie sei nicht nur ein Messie, sie hause auch in ihren vier Wänden wie ein Tier. Mir kam nun auch wieder, dass Marina mir gegenüber sogar die Befürchtung geäußert hatte,

die Wohnung der Mooskop sei eine Brutstätte für Bakterien und Viren, die sich bald im ganzen Haus ausbreiten könnten.
Die Mooskop war für Marina also womöglich so etwas wie im Dritten Reich *unwertes Leben* gewesen. *Ungeziefer*, das es zu vernichten galt ...

Was nun mit der Mooskop passiert war, klärte sich am nächsten Abend, als wir uns, diesmal bei Priscilla, zur Lagebesprechung trafen.
Priscilla hatte die Verwaltung angerufen und darauf bestanden zu erfahren, was los war. Sie hatte unserem Verwalter mitgeteilt, sie fühle sich nicht mehr sicher im Haus und dächte an Kündigung. Der Verwalter hatte ihr daraufhin bereitwillig erklärt, dass Frau Mooskop eines natürlichen Todes gestorben sei. Eine Kündigung konnte er wahrscheinlich jetzt nicht auch noch gebrauchen. Womöglich sei Frau Mooskops Tod eingetreten, als sie die Tauben gefüttert habe. Sie hatte nicht mehr das Fenster schließen können und so waren die Tiere eingedrungen und hatten gefressen, was es zu fressen gab. Der Verwalter war in die scheußlichsten Einzelheiten gegangen. Vielleicht hatte er sich damit erleichtern wollen. Auch er trug sicher die schrecklichen Bilder mit sich im Kopf herum und konnte sie nicht so leicht wieder loswerden. Frau Mooskops Kühlschrank sei völlig leer gewesen. Auch in den Schränken waren keine Nahrungsmittel mehr, nicht einmal mehr Grundnahrungsmittel, kein Mehl, kein Reis, keine Spaghetti, weder Zucker noch Salz. Es war nur noch eine Tüte Taubenfutter im Brotkasten gelegen. „Sieht aus, als sei sie verhungert, verdurstet und dann aus Schwäche gestorben,

Organversagen“, hatte der Verwalter am anderen Ende der Leitung geschlossen.
Als Priscilla aufgehört hatte zu sprechen, blieben alle stumm. Die Angst vor einem weiteren Mord war mit einem Schlag weg. Es blieb eine tiefe Traurigkeit. Warum war niemand von uns auf die Idee gekommen, bei der Mooskop einmal vorbeizuschauen? Wir alle hatten sie ja länger nicht mehr gesehen. Wir hätten doch drauf kommen müssen, dass etwas nicht stimmte, weil sie die Wohnung nicht mehr verließ. Hat sie die Wohnung nicht mehr verlassen, weil sie sich zu schwach fühlte? Oder war sie nicht mehr ausgegangen, weil sie sich nach allem, was im Haus passiert war, nicht mehr aus der Wohnung traute?
„Warum hat sie nichts mehr zu essen eingekauft?“, fragte ich die anderen.
„Womöglich *wollte* sie nichts mehr einkaufen, wollte nichts mehr essen, wollte nichts mehr trinken“, meinte Priscilla weinerlich.
„Hat das der Verwalter behauptet?“
„Er sagte, auf dem Couchtisch im Wohnzimmer habe er auf einem Haufen alter Zeitschriften ein Schreiben des Sozialamts entdeckt. Es ging um eine Terminvereinbarung. Er hat mir dann erklärt, was das bedeutet. Hast du keine Angehörigen, schlagen sie dir einen Betreuer und ein Heim vor, wenn sie den Eindruck haben, du kommst nicht mehr alleine zurecht. Es braucht dann noch einen Gerichtsbeschluss.“ Priscilla blickte auf die ordentlich belegten Lachsbrötchen, die sie für uns auf einem Tablett hergerichtet hatte. „Im Grunde hast du keine Wahl. Du wirst praktisch entmündigt.“

„Dann drohte also die Heimunterbringung“, fasste es die Rauhaar in klare Worte. „Da hat sie wohl beschlossen, aus dem Leben zu gehen. Und als sie merkte, dass der Zeitpunkt gekommen war, hat sie ihr Küchenfenster geöffnet, die geliebten Tauben zum letzten Mal gefüttert und es offen gelassen, damit sie ihr beim Sterben Gesellschaft leisten. So stell ich mir das vor.“
Das Aufreißen der Augen und an die Decke Sehen half nichts. Mir kamen die Tränen.
Priscilla echauffierte sich. „Und wer hat wohl das Sozialamt verständigt?“
Allen war klar, es konnte nur Marina gewesen sein; Marina hatte mit ihrem Plan ernst gemacht.
Niemand aß mehr die Lachsbrötchen. Nicht, weil Boris Johnson eines davon abgeleckt haben konnte. Sondern weil uns allen jeglicher Appetit vergangen war.
Die Rauhaar war sich sicher: Marina hatte die Mooskop auf dem Gewissen. Und diesmal lag sie da vielleicht gar nicht so falsch.

Man kann sich vorstellen, dass ich in der Nacht ohne Schlaftablette wieder kein Auge zugetan hätte. Da ich von dem Zeug Depressionen bekomme, nehme ich nur im Notfall eine. Und so wartete ich erst einmal, ob ich nicht doch einschlafen konnte. Natürlich vergeblich. Es war stickig warm in der Wohnung, obwohl ich das Fenster weit offen hatte.
Mit einer Sommernacht verbindet man abendliche Spaziergänge, urlaubsmäßiges Flanieren durch die Stadt, volle Restaurant- und Barterrassen, Schlangen an den Eisdielen, alle sind draußen, alle lungern entspannt in der lauen

Wärme herum. Nichts dieser Sommerpausenstimmung drang mehr in meinen Kopf. Der Sommer war wie nicht mehr da. Aus unserer Straße hatte er sich verabschiedet. Hier herrschte eine Anspannung, die keine Sommergefühle zuließ, nicht erlaubte, dass man sich lässig gehenließ, hier lastete auf einem ein Druck, der jeden Genuss im Keim erstickte.

Nun hatte es also die Mooskop getroffen. In diesem Haus durfte man nicht alt werden. Wenn man keine Angehörigen hatte und nicht mehr gut in Form war, schmissen sie einen einfach raus. Und nichts war so schmerzhaft, wie im Alter noch seine eigenen vier Wände verlassen zu müssen. Unsere Wohnungen sind vollgesaugt mit unseren Erinnerungen und Gedanken. Jede Wand, jeder Gegenstand spiegelt uns selbst wider. Das, was wir den ganzen Tag waren oder sind. Entfernt man uns aus unserer Wohnung, nimmt man uns ein gutes Stück Identität. Gerade ein altes Gehirn, das nicht mehr gut funktioniert, ist angewiesen auf die Spiegelung des eigenen Selbst, auf die alltägliche Vergewisserung, dass wir noch wir selbst sind. Und das gelingt am besten in unserer durch uns selbst imprägnierten Umgebung. In einem Altersheim ist alles neu. Es kommt einer Auslöschung unserer selbst gleich. Hinzu kommen die Hässlichkeit der dortigen Einrichtung, die üblen Gerüche, der Anblick des Heeres derer, die dahinvegetieren und nur noch auf den Tod warten, die schlechte, lieblose Verpflegung ... Diese Heime sind Sterbeanstalten, die den Sterbeprozess, teils sogar bewusst, beschleunigen.

In dieser Nacht hielten mich weniger Befürchtungen wach, was nun als Nächstes passieren würde, sondern mehr die Ängste vor einem einsamen Alter.

Als am nächsten Tag die Eltern von Bentivoglio die Wohnung ihres Sohnes räumten, machte das nicht mehr denselben Eindruck auf mich wie die Räumung von Enis' Wohnung.
Die Möbelpacker waren schon lange fort, und die Bentivoglios hielten sich immer noch in der Wohnung ihres Sohnes auf. Erst gegen Abend kamen sie mit zwei Taschen aus der Wohnung. Die Mutter hielt eine Art Heft in der Hand. Sie fuhren nicht ins Erdgeschoss, sondern stiegen im ersten Stock aus.
Ich konnte hören, wie sie bei Marina läuteten. Sobald Marina die Tür geöffnet hatte, ging das Geschrei los. Bentivoglios Mutter warf Marina vor, ihren Sohn bis zum Umfallen ausgenutzt zu haben.
„Haben Sie nicht gesehen, dass er überlastet war? Mussten Sie ihm auch noch *Ihre* Arbeit aufhalsen? Er hatte doch mit seiner Arbeit genug zu tun ... Mein Sohn war einfach zu gutmütig. Und Sie haben seine Gutmütigkeit ausgenutzt! Sie, *Sie* …" Dann fielen ein paar unschöne Worte: Schmarotzerin, Parasitin ... „Sie haben nur an sich gedacht!" …
Irgendwann schmiss Marina einfach die Tür zu. Zuvor hatte sie einen Grunzlaut von sich gegeben, der wohl ihre Missbilligung ausdrücken sollte.
Ich hörte noch ein paar Schläge, als klatsche jemand mit der flachen Hand auf Holz.
„Eines Tages wird Ihnen das heimgezahlt! Es gibt noch eine höhere Gerechtigkeit!", hörte ich die Mutter so laut kreischen, dass es Marina noch hinter der Tür hören musste. „Dann wird *Sie* jemand ausnützen, bis Sie vor Erschöpfung zusammenbrechen!"

War das Heft ein Tagebuch, in dem Bentivoglio den Missbrauch seiner Nachbarn in allen Einzelheiten festgehalten hatte? Mein Verdacht wurde bestätigt, als Bentivoglios Eltern anschließend bei Priscilla klingelten. Priscilla war glücklicherweise noch nicht von der Arbeit zurück. Sonst hätte es sicher auch bei ihr Vorwürfe gehagelt. Ein wüstes Schlagen der Haustür zeigte an, dass die Bentivoglios schließlich fort waren.

Auch die verzweifelte Wut und die Trauer der Bentivoglios würden fortan in den Mauern des Hauses sitzen, und es bräuchte viele im Haus verlebte glückliche Stunden, um diese bedrückenden Gefühle langsam zu überdecken.
Dass eine solche Überlagerung geschehen konnte, wurde breit diskutiert, war aber nach meinen Forschungen so sicher nicht. Es gab hiernach Eindrücke, die sich besonders aufprägen und leichter ablesbar sind, wie zum Beispiel starke Emotionen. Sodass die Unglücksfälle in unseren vier Wänden noch lange spürbar sein würden. Mit diesem quälenden Gedanken im Kopf war es eigentlich höchste Zeit, mit Priscilla und der Rauhaar zu diskutieren, ob es nicht das Beste wäre, aus dem Haus auszuziehen.

Bei unseren allabendlichen Treffen, die für mich langsam zu einer Sucht wurden und in mir schon Angst aufkommen ließen, was ich an den Abenden machen würde, an denen diese Treffen nicht mehr stattfänden, erklärte ich der Rauhaar und Priscilla, wie die Situation im Haus nach meinen Forschungen stand.
Nur wenn wir zu dritt zusammensaßen, gewann der Sommer wieder etwas von seiner warmen Schönheit zurück,

fiel mir der eine oder andere Blütenduft auf, der durchs offene Fenster driftete, leises Blätterrascheln draußen oder ein köstliches laues Lüftchen, interpretierte ich die Geräusche, die man von den Nachbarn durch die offenen Fenster hörte, als typische Sommergeräusche unter einem gemeinsamen Dach der Wärme. Die Außenwelt wurde zu einem Innenraum mit Zimmertemperatur, und alle rückten näher zusammen.

Der Rauhaar leuchtete mein Konzept des Gedächtnisses des Hauses gleich ein.

„Die Verwünschungen der Eltern von Bentivoglio bringen noch weiteres Unheil über uns“, schloss sie ganz richtig und erklärte uns *das Gesetz der Serie.* Auch die Rauhaar kannte es also ... „Ich spüre deutlich, wie die Stimmung hier drinnen jedes Mal schwerer wird, wenn etwas Neues passiert.“ Sie blickte uns eindringlich an. „Und besonders schwerwiegend wirken sich die Unglücksfälle aus, bei denen Unschuldige leiden mussten, das haben Sie ja sicher auch herausbekommen, Nadja.“

Ich hatte nichts dergleichen herausbekommen und bekam langsam wieder Zweifel, ob die Rauhaar und Priscilla meinen Ausführungen folgen konnten. Dass es Unschuldige erwischt hatte, war dennoch kein schlechter Gedanke. Die Mooskop und Bentivoglio taten mir leid. Sie hatten es nicht verdient, so zu enden. Und noch mulmiger wurde mir, als ich mir die Angst vorstellte, die die Mooskop wohl erlitten hatte, während sie so alleine starb, und die ohnmächtige Wut oder Bedrücktheit, die Bentivoglio sicher schon lange vor seinem Tod empfunden hatte. Wenn er es doch nur fertig gebracht hätte, seinen Nutznießern von einem Tag auf den andern einfach Nein zu sagen! Ich hätte ihm schrecklich gerne gegönnt, dann in ihre dämlichen Gesichter zu blicken.

Kapitel V

Die Worte der Rauhaar, dass noch weiteres Unheil über uns hereinbräche, und unsere These, dass Unheil anderes Unheil anzog, stellten sich als vorausschauend heraus. Noch in derselben Nacht, um drei Uhr, zur stillsten Stunde, ertönte bestialisches Geheul durchs Treppenhaus. Es drang geradezu durch meine Wände. Quasi Wolfsgeheul … es hörte nicht auf.

War es ein Tier, fragte ich mich, als das Geheul mich aus dem Schlaf riss? War es ein Mensch? Ein Mann? Eine Frau? Schwer zu sagen.

Minuten später stürzten alle aus ihren Wohnungen.

Das Geheul kam eindeutig aus Ramonas Wohnung. Ramona wohnte neben mir. Als ich mich zitternd ihrer Tür näherte, war nur noch ein Wimmern zu hören, dann hörte es auf. Zimmermann und Matt Reynolds eilten, beide in Seidenpyjamas, die Treppe herunter. Zimmermann klopfte gleich wie wild an Ramonas Tür, rief laut ihren Namen. Von drinnen kam aber keine Reaktion.

Priscilla und die Rauhaar liefen in Bademänteln die Treppe herauf. So weiß im Gesicht hatte ich Priscilla noch nie gesehen. Als sei sie eben dem Grab entstiegen.

Die Feldners und die Wistlers guckten vom zweiten Stock über das Geländer zu uns im ersten hinunter.

Jean stieg schließlich wie ein alter Mann die Treppe rauf, den Telefonhörer am Ohr, in roten Boxershorts und lila T-Shirt. Seine Augen waren vom Schlaf verquollen.

Und zuletzt kam Marina aus ihrer Wohnung. Ihre Tür flog auf, als würde sie gesprengt, und sie schrie, ohne nach links und rechts zu gucken: „Verdammt! Was ist hier los? Wird hier eine Sau geschlachtet?“
Marina schien keine Angst zu haben, nur Wut darüber zu empfinden, aus dem Schlaf gerissen worden zu sein. Herr Zimmermann musste beruhigend auf sie einreden, bis sie endlich die Möglichkeit zuließ, dass Ramona in höchster Gefahr schwebte.
Jean zischte, wir sollten alle ruhig sein, er spräche gerade mit der Polizei.
Es war augenblicklich still. Aus Ramonas Wohnung drang kein Laut mehr. Nur Jean sprach. Seine Stimme hallte blechern durchs Treppenhaus.
Ich musste daran denken, wie Marina öfters gesagt hatte, Jean könne nur Geld ausgeben, das er selbst nicht verdiente, sonst könne er nichts, und dass Jean nun in einer Problemsituation der Einzige war, der sofort etwas unternahm. Die anderen im Haus warteten nur, dass sich das Problem irgendwie von selbst löste …
Schließlich beschlossen Jean und Zimmermann, die Tür aufzubrechen. Jeder von ihnen warf sich dagegen; es passierte aber nichts. Von drinnen kam keine Reaktion.
„Matt, probier du es mal“, schlug Zimmermann vor.
Matt zuckte zusammen. Er sah immer noch so schlecht aus wie kurz nach Enis‘ Tod. Es ging ihm sichtlich nicht gut, daher wohl auch die Schreckhaftigkeit. Matt warf sich nun ebenfalls gegen die Tür. Ohne Erfolg.
Wenn der korpulente Zimmermann es nicht geschafft hatte, konnte es der feingliedrige Matt auch nicht schaffen. Zimmermann schien zu lächeln, als es nicht klappte. Viel-

leicht aber auch nicht. Die Rauhaar stand da wie ein Stock, aufs Äußerste gespannt. Priscilla schien den Tränen nahe, hielt ihren Bademantel fest zu, als geniere sie sich. Ich war nur im Pyjama ins Treppenhaus getreten und genierte mich nun auch. Ich nahm einen faden Schweißgeruch wahr. Der Geruch konnte aus den Wohnungen gedrungen sein, war vielleicht der Schlafgeruch der Bewohner. Hoffentlich roch *ich* nicht seltsam, kam es mir, und ich schämte mich panisch. Dass es mir in dem Moment so peinlich war, konnte ich mir nur so erklären, dass meine Angst noch nicht so groß war, dass ich keine Scham mehr empfunden hätte.

Die Wistlers waren bereits wieder in ihrer Wohnung verschwunden. Dafür kamen die Feldner-Schwestern herunter.

„Die Polizei ist gleich da", beruhigte uns Jean.

Die Feldner-Schwestern blickten missbilligend auf Jeans Boxershorts, als fragten sie sich, warum er nicht im Pyjama schlafe wie augenscheinlich Zimmermann und Matt Reynolds. Vielleicht empfanden sie Jean in Unterhosen als Zumutung.

Die Polizei kam und kam nicht. Es hatte etwas Komisches, wie wir alle um drei Uhr nachts im Schlafanzug herumstanden. Zugleich lag Angst in der Luft. Zimmermann trat von einem Fuß auf den anderen. Ich hatte das Gefühl, er war ungeduldig, weil er nicht helfen konnte. Jean blickte nervös hin und her. Auch er hätte sicher gerne mehr unternommen.

Marina brach die Stille. „Ich geh wieder rein", maulte sie dunkel. „Ist mir doch scheißegal, was der passiert ist." Eine Tonlage höher fügte sie schnippisch hinzu: „Man sollte halt keine Freier bei sich empfangen."

Kurzes Schweigen.
„Willst du nicht auf die Polizei warten?“, fragte Priscilla, als verstünde sie die Welt nicht mehr.
„Leck mich“, war die Antwort, und Marina war so rasch in ihrer Wohnung verschwunden, als sei sie gar nie draußen gewesen.
Priscilla schüttelte stumm den Kopf. Ich begann langsam ein bisschen zu frieren. War es die nächtliche Kühle oder Nervosität? Was erwartete uns hinter Ramonas Tür? Warum hörte man nichts mehr? Matt schien auch zu frösteln. Er hatte seine Arme gekreuzt und eng um den Körper geschlungen. Seine Füße steckten in Slippers, die nackten Knöchel waren weiß wie Schnee. In ungewohnten Situationen achtet man manchmal auf seltsame Dinge. Ich guckte mir unauffällig das Schuhwerk von allen an. Zimmermann trug elegante schwarze Straßenschuhe. Priscilla und die Feldner-Schwestern ausgelatschte Flipflops. Jean Nummern zu kleine Badeschuhe, womöglich hatte eine Flamme ihre Schuhe bei ihm hinterlassen und er war panisch in irgendetwas reingeschlüpft. Die Rauhaar hellgrüne Lackpumps mit Absätzen, die perfekt zu ihrem rosa Bademantel passten, ihn fast in einen Ausgehmantel verwandelten …
Zimmermanns Stimme weckte mich aus meinen Betrachtungen: „Es dauert vielleicht noch länger, bis die Polizei kommt. Ich hole uns was zu trinken.“
Zimmermann bat Matt und Jean, ihm mit den Gläsern zu helfen. Matt sah man an, dass er jetzt nichts trinken wollte, er ging dennoch mit, ohne zu murren. Jean schmunzelte schief.

Die drei benutzten den Aufzug. Eigentlich seltsam: Als die Schreie ertönten, hatten alle die Treppe benutzt. Vielleicht, weil es schneller ging.
Sobald die drei im Aufzug waren, guckten wir Frauen uns gegenseitig an, und die Feldner-Schwestern kicherten. Es war ein Moment zwischen Schrecken und Lachen. Zimmermanns Idee, etwas zu trinken zu holen, war derart abwegig, dass sie bereits komisch war. Da drin, hinter der Tür, war vielleicht etwas Schreckliches passiert, und wir würden, wie ich Zimmermann kannte, gleich vor dieser Tür ein Glas Champagner trinken.
Die Rauhaar hielt den Zeigefinger vor ihre Lippen und zischte. Ihre Mine war so streng, dass der surreale Ausbruch von Heiterkeit rasch wieder kollabierte.
Tatsächlich brachte Zimmermann Champagner und Matt und Jean trugen auf Tabletts Kelchgläser und den Flaschenöffner.
Wenigstens hatten alle begriffen, dass man nicht anstoßen durfte. Und so tranken wir den Champagner mit einer Bedächtigkeit, als tränken wir Kaffee zum Aufwärmen. Selbst Matt trank Champagner und ließ sich von Zimmermann sogar nachschenken.
Die Polizei ließ sich Zeit, und ich wagte den Gedanken, dass Zimmermanns Idee doch nicht so schlecht gewesen war. Der Alkohol beruhigte, brachte einen dazu auszuharren, nicht feige wegzulaufen.
„Sie ist bestimmt tot“, stellte die Rauhaar irgendwann trocken fest.
Zimmermann trat wieder von einem Fuß auf den anderen. Seine Stirn runzelte sich. „Ich hoffe nicht.“

Priscilla sah Zimmermann ängstlich an. Sie schien sich ebenfalls große Sorgen zu machen.
Jean stand neben den Feldner-Schwestern, die guckten ihn aber nicht an, taten so, als sei er Luft, und blickten ebenfalls auf Zimmermann.
„Haben Sie etwas gehört außer dem Gebrüll?“, fragte mich Zimmermann plötzlich. „Sie wohnen doch mit Ramona Wand an Wand.“
Ich erschrak und dachte nach. „N-nein.“
„Stimmen? War da noch eine andere Stimme?“
Ich versuchte, mich ganz genau zu erinnern. „Als ich wach war, war ich mir nicht ganz sicher. Dieses Geheul klang … zunächst nicht menschlich. Nicht nach Ramona. Ich hatte zuerst an ein Tier gedacht.“
Zimmermann sah mich mit großen Augen an.
Ich musste mehr erzählen: „Später hab ich dann gedacht, es hätte eine Frau oder auch ein Mann sein können.“
„Ha, dann war auch ein Mann in der Wohnung! Das wird die Polizei interessieren.“
„Oder eine andere Frau“, platzte die Rauhaar heraus und fixierte Marinas Wohnungstür.
Zimmermann wiederholte nachdenklich: „Eine andere Frau …“, während ich mir langsam sicher wurde, dass das Geheul von ein und derselben Person stammte. Und ich gewann auch immer mehr den Eindruck, dass nur Ramona so geheult hatte. Mit einer vor Todesangst völlig verzerrten Stimme.
Die Polizei kam immer noch nicht, und so bildeten wir Grüppchen. Zimmermann beschützte die Feldners vor Jean. Jean war gezwungen, mit Matt zu sprechen. Priscilla und ich hörten uns die Hypothese der Rauhaar an. Sie

blickte argwöhnisch auf Marinas Wohnungstür und flüsterte: „Sie hat sich für mich verdächtig gemacht, als sie nicht auf die Polizei warten wollte."

„Hat wirklich gar keinen Stil, die Frau", antwortete Priscilla. „Da ist jemand in Not, und sie schimpft noch."

„Keinerlei Mitgefühl", ergänzte ich.

„Eine kaltblütige Mörderin", brachte es die Rauhaar auf den Punkt.

Ich erwiderte nichts. Es schien mir nicht der Zeitpunkt für ein Streitgespräch.

Neben uns lachten Zimmermann und die Feldner-Schwestern bereits wieder, wenn auch verhalten. Mitgefühl schien sich nicht nur bei Marina in Grenzen zu halten. Und auch Matt und Jean unterhielten sich in einer Weise, die schlecht dazu passte, dass wir womöglich gleich Einblick in eine Tragödie erhielten.

Wir hatten bereits die zweite Flasche geleert, und ich befürchtete, ein weiteres Glas würde mich nicht weiter beruhigen, sondern könnte mich eher weiter bedrücken, als man endlich den Streifenwagen hörte.

Zimmermann sprang wie elektrisiert die Treppe hinunter, um den Beamten zu öffnen. Er erklärte in Windeseile die Lage, und Minuten später machten sich die zwei Beamten auch schon an der Tür zu schaffen. Es ging blitzschnell. Sie hatten Werkzeug dabei, um das sie jeder Einbrecher beneidet hätte. Die Tür sprang auf. Und ich konnte hineinsehen …

Alle Lichter waren an. Ramona lag auf dem Boden ausgestreckt, bäuchlings, den Kopf wüst verdreht. Erbrochenes war aus ihrem Mund gequollen. Ich stutzte, es roch ähnlich

wie bei Churchill, nach Marzipan oder besser Mandellikör, und gleichzeitig hing da ein fieser Geruch von Exkrementen in der Luft.
Die Rauhaar schrie auf: „Hab ich's doch gewusst!"
Ich trat zurück ins Treppenhaus, mir wurde schlecht. Ich atmete tief ein und aus. Ich wollte jetzt nicht kneifen und in meine Wohnung rennen, um mich zu übergeben. Mit dem Atmen wurde es ein bisschen besser. Zimmermann schien auch schlecht zu sein. Er lehnte an der Treppenhauswand, den Kopf im Nacken, eine Hand über den Augen. Von drinnen hörte man die Beamten Hilfe anfordern.
Die Feldner-Schwestern umarmten sich, eine weinte.
Matt und Jean standen einfach nur da, als wären sie Roboter, die jemand abgeschaltet hatte.
„Die Pralinenschachtel!", rief Priscilla auf einmal und gab einen hohen Laut von sich.
Was meinte sie? Drehte sie durch?
Zimmermann bewegte sich wieder. Ebenso rührten sich Matt und Jean. Wir sahen alle nach: Priscilla zeigte auf etwas weiter hinten auf dem Boden. Dort lag tatsächlich eine Schachtel Pralinen. Ein paar waren herausgefallen.

Kapitel VI

Ich bezweifelte, dass in dieser Nacht noch jemand schlief. Ich hatte zweimal zugeschlossen und zusätzlich einen Stuhl unter die Türklinke gestellt. Auf meinem Nachttisch lag mein schärfstes Küchenmesser fürs Schneiden von Fleisch. Der einzige Trost: Es wurde schon langsam hell, und die Vögel begannen zu zwitschern.

Der hereinbrechende Tag nahm den Ereignissen aber nur ganz wenig von ihrem Furchterregenden. Ich stand um sechs Uhr auf und machte Kaffee. Dann legte ich mich wieder hin und wartete einfach.
Es war Samstag und um elf hatte ich mich mit Priscilla bei der Rauhaar verabredet. Ich spürte einen bitteren Geschmack im Mund. Auch leichte Kopfschmerzen von Zimmermanns Champagner. Es war für mich jetzt nicht mehr von der Hand zu weisen: Die Tötung von Enis, Churchill und Ramona mussten zusammenhängen. Hier konnte kein Zufall am Werk sein. Es wäre schlicht zu unwahrscheinlich gewesen. Und dass auch Ramona getötet worden war, daran zweifelte ich keinen Moment. Der Geruch in Ramonas Wohnung glich im Übrigen aufs Haar Churchills Kadavergeruch. Die Pralinen mussten dasselbe Gift enthalten haben wie Churchills Wurst. Ich schämte mich nun, die Rauhaar belächelt zu haben; sie war mir die ganze Zeit Schritte voraus gewesen. Sie hatte es von Anfang an geahnt. Und sie hatte womöglich recht, dass einer der Hausbewohner hier sein Unwesen trieb. Nur wer und warum?
Die Rauhaar hatte uns schwarzen Tee gekocht, weil wir uns so elend fühlten. Besonders Priscilla war bleich wie eine Wand. Die Rauhaar hingegen hatte rot durchpulste Wangen, war tadellos gekleidet, in weißer Sommerhose mit dunkelblauem Seidenhemd und weißen Lackpumps. Sie war sogar geschminkt.
Niemand bestritt mehr, dass es ein rotes Band zwischen den Verbrechen geben musste. Ich hörte aufmerksam zu, als die Rauhaar ihre Vermutungen preisgab.

„Ich habe den Braten gleich zu Anfang gerochen“, gab sie guttural zum Besten. „Enis: Syrer, Migrant. Ramona: Brasilianerin, Migrantin. Beide Exoten. Und wer hasste die beiden im Haus am meisten? Jean und Marina.“ Sie holte Luft. „Wenn ihr mich fragt, dann kommt Jean eher nicht infrage. Er ist nicht aggressiv. Höchstens in Worten. Marina trau ich am ehesten zu, gewalttätig zu werden.“
Priscilla verzog den Mund, als missfalle ihr etwas, und bewegte ihre Zunge sichtbar von der linken zur rechten Backe, die sich jeweils leicht ausstülpte.
Hatte die Rauhaar auch da recht, fragte ich mich? Und ich war froh, dass sie noch andere Möglichkeiten in Betracht zog.
„Bis jemand so ausrastet, da bedarf es allerdings einer Menge. Verbrechen aus Hass sind daher nicht so häufig wie Verbrechen aus bloßer Berechnung.“
Woher wollte die Rauhaar das wissen?
„Ich hab mehrmals Ramona und die Wistlers streiten hören. Ramona hat der Wistler ins Gesicht gesagt, es rieche im Haus nach Gras, und Ramona hat ihr sogar angedroht, sie melde es der Verwaltung. Die Wistlers wollten Ramona ja schon lange los sein, weil sie ein Grund sein konnte, dass die Polizei auf unser Haus aufmerksam wurde. Und Ramona ärgerte sich über die Geringschätzung der Wistlers ihrer Person gegenüber und wurde deshalb wohl keck. Sie hat sich dann ja tatsächlich bei der Verwaltung beschwert, aber nur über den Rauch, von Gras hat sie nichts gesagt. Aber von da an hing die Drohung in der Luft, dass sie es noch sagen könnte.“

Ich sperrte den Mund auf. Das ergab Sinn. Priscilla schüttelte den Kopf, als sei sie überrascht oder nicht einverstanden.

„Und Enis?“, wollte ich wissen.

Die Rauhaar wirkte nun etwas ratlos. „Mit Enis gab es vielleicht dasselbe Problem. Enis war ein Saubermann. Muslime dürfen ja nicht mal Alkohol trinken. Und die Wistlers fürchteten auch von ihm eine Anzeige.“

Wir schwiegen eine Weile.

Die Rauhaar legte sich mächtig ins Zeug: „Wenn die Wistlers nicht mehr dealen können, landen sie von heute auf morgen auf der Straße! Sie sind die Einzigen, die ein mächtiges Interesse haben. Es haben schon so einige getötet, wenn Existenzverlust drohte.“

Es wurde für mich immer einleuchtender. „Morde aus Verzweiflung also.“

„Verzweiflung, Berechnung …“, erwiderte die Rauhaar. „Eins ist jedenfalls sicher, es ging ums Geld. Ihr Geldverdienst war bedroht.“

„Und wer von den beiden soll es getan haben?“, fragte ich.

„Na, Wistler war doch beim Militär, als er jung war. Da kennt er sich mit Töten aus. Er ist groß und vielleicht stärker, als wir denken. Er kann Enis über die Brüstung geschubst haben. Und die Wistler hat vielleicht die Pralinen präpariert. Zuerst haben sie das Gift bei Churchill getestet. Dann konnten sie die Menge berechnen, die in einer Praline sein musste, um einen Menschen mit etwa 70 Kilo zu töten.“

„Und wenn Ramona nur eine halbe gegessen hätte?“

„Unwahrscheinlich. Die wussten, Ramona war ein Schleckermaul. Eine hätte sie mindestens gegessen. Ihr Tod war

sicher, wenn sich in jeder Praline eine tödliche Dosis befand."
„Und wo sollen die Wistlers so eine Menge Blausäure aufgetrieben haben?" Ich stellte die Fragen, während Priscilla nur still dasaß. Sie musste noch erschöpfter sein als ich. Sie sah wirklich elend aus. Ihr Teint war nicht nur weiß, er ging unter den Augen und an den Backenknochen ins Braungelbe über, als funktionierten ihre Nieren nicht mehr richtig.
Priscilla schien von der Wistler-Hypothese nicht sehr überzeugt zu sein. Was mich anging, so glaubte ich nicht so recht, dass Wistler jemals beim Militär gewesen war. Er erzählte eine Menge, wenn der Tag lang war, und trug es so charmant und mit solcher Überzeugung vor, dass man einfach so tat, als nehme man es ihm ab. Man wollte ihn nicht in die unangenehme Situation eines Gesichtsverlusts bringen, weil er immer so höflich war, so respektvoll.
„Solche Leute finden schon ihre Wege, Gift zu besorgen. Die kennen womöglich sogar das Darknet", war Rauhaars Meinung.
Das klang wiederum plausibel, fand ich und nickte. Andererseits hatte ich so ein Bauchgefühl, dass die Wistlers nicht so weit gehen würden, einen Mord zu begehen.
Die Rauhaar wollte ihren Verdacht baldmöglichst der Polizei mitteilen.
„Und wenn die Wistlers nun unschuldig sind?", wandte Priscilla kläglich ein. „Es bringt doch nichts, wenn hier bald jeder jeden anzeigt."
Die Rauhaar machte große Augen.

Priscilla bohrte weiter. „Angenommen, jemand zeigt *uns* an ... obwohl wir nichts verbrochen haben ... Ich finde nur, man sollte mit Verdächtigungen vorsichtig sein.“
Die Rauhaar widersprach nicht, würde aber der Polizei sicher dennoch ihren Verdacht mitteilen. Sie wollte einfach nicht für die Katz *ermittelt* haben.
Mir fiel auf einmal der Hausmeister ein. „Und was sagt ihr zu Herrn Grullo?“
Die Rauhaar lachte nur. „Der arme alte Grullo, der hat doch nicht mal die Kraft, geschweige denn ein Motiv.“
Da hatte sie natürlich recht. Wie so viele Rentner verdiente sich Grullo im Niedriglohnsektor hier und da etwas dazu. Seine Hauptanstrengung war darauf gerichtet, die Jobs trotz seiner körperlichen Gebrechen irgendwie zu erledigen. Um ausgeklügelte Morde zu organisieren, fehlt einem, der ums tägliche Überleben kämpft, schlicht auch die Muse.
Da zu den Verdächtigen alles gesagt zu sein schien, diskutierten wir, wie wir uns schützen konnten. Priscilla hatte beschlossen, gleich am nächsten Tag nach einer neuen Wohnung zu suchen. Ich hatte ja dasselbe überlegt und legte es allen ans Herz. Es war aber nicht einfach, auf die Schnelle eine bezahlbare Wohnung in vergleichbarer Lage zu finden. Der Markt war zu. Priscilla wollte sich auch mit einem Provisorium zufrieden geben. Sie wollte einfach so schnell wie möglich hier raus. Die Rauhaar hingegen würde ein zweites Schloss anbringen lassen und eine Alarmanlage kaufen. Sie wollte um jeden Preis bleiben. Jetzt, da es immer spannender wurde.
„Vielleicht können wir auch Polizeischutz beantragen“, meinte ich.

„Du meinst, sie stellen einen Beamten ab, der hier bei uns wohnt?“, fragte die Rauhaar.
Ich bejahte.
„Und wo soll der unterkommen?“, meinte die Rauhaar neugierig. „Alle Wohnungen sind besetzt oder von der Polizei noch nicht freigegeben.“
„Im dritten Stock ist noch eine leere Wohnung.“
„Die hat doch Zimmermann gemietet als Kühlraum für Wein und Champagner“, entgegnete die Rauhaar.
Ich hatte das schon wieder vergessen. Zimmermanns Getränke waren für mich nicht gerade von großem Interesse.
„Da müsste der Beamte in der Kälte schlafen; man kann schließlich von Zimmermann nicht verlangen, dass er die Klimatisierung abstellt und seine teuren Weine ruiniert.“ Die Rauhaar klang so, als wären es ihre Weine.
Wir gingen schließlich auseinander. Priscilla schien alles noch stärker mitzunehmen als mich. Ich konnte die Furcht in ihren Augen sehen. Ihre Augen wirkten dunkler – vielleicht weil die Pupillen größer waren als sonst. Die Augäpfel quollen auch leicht hervor, als stünden ihre Augen unter Druck. Ihr Blick wirkte dadurch, mir fiel ein komisches Wort ein, irgendwie knitz.
Erst im grellen Neon der Treppenhausbeleuchtung fiel mir Priscillas goldene Halskette auf. „Seit wann trägst du ein Kreuz?“, fragte ich sie verwundert.
Sie lächelte zaghaft, und ich war froh, dass sie wieder lächelte. „Es gehörte meiner Mutter. Ich bilde mir ein, es schützt mich ...“
Sie umarmte mich und ging in ihre Wohnung. Ich tätschelte ihren Rücken, und es war mir nicht ganz wohl dabei. Ich war ein bisschen peinlich berührt. Normalerweise umarm-

ten wir uns nicht. Außer, wenn wir uns für längere Zeit verabschiedeten. Etwa, wenn eine von uns verreiste. Priscilla musste mit den Nerven fertig sein und vielleicht brauchte sie diese Umarmung.

Eigentlich war ich zu müde, um an meinem Manuskript zu arbeiten. Aber Priscillas Halskette mit dem Kreuz stimulierte mich irgendwie, mein Kapitel über Amulette zu überarbeiten.

Das Kreuz ist ein heiliger Gegenstand, der uns an Christus, den Erlöser, erinnert, ein *Gedächtnisträger*. Trage ich es, gebe ich mich damit als Christ zu erkennen. Geweihte Kreuze erhalten ihre Kraft durch die Weihung. Daneben glaubt man, dass Schmuckkreuzen, also etwa einem Halskettchen mit Kreuz, per se eine quasi magische Schutzfunktion zukommt. Solche Schmuckkreuze hielten nach der Volksmeinung Unglück und den Teufel fern. Und noch heute glaubt man an ihre Schutzfunktion. Sie würden nicht massenhaft getragen, wollte man sich damit nur sozusagen als zum Club der katholischen Kirche zugehörig bekennen – eine solche Mitgliedschaft gilt in unserer Zeit auch nicht mehr als Statussymbol. Das Kreuz wird damit als ganz gewöhnliches *Amulett* getragen. Auch in anderen Kulturkreisen werden dem Amulett einfach durch Sprüche oder Gebete intensive Gedanken aufgeprägt. Das Ding speichert hier also etwas Geistiges, und zwar eine Intention: „Ich soll Glück bringen“. Also ging man davon aus, dass es ein Gedächtnis hat. Und dass dieses auch wirkt.

Und das musste auch Priscilla glauben. Wobei das Kreuz ihrer Mutter gehört hatte, von dieser beim Tragen imprägniert worden war, und Priscilla so auch ein Stück ihrer Mutter bei sich trug, eine tröstliche Schwingung sozusagen. Mein Kapitel enthielt zu viele Einzelheiten, befürchtete ich ... Mehr noch befürchtete ich, dass Priscilla eine Depression bekommen konnte. Für sie war alles einfach zu viel. Bei ihr kam ja noch der Tod des kleinen Churchill hinzu, der für sie immerhin ein Familienmitglied gewesen war. Auch Boris Johnson war offensichtlich verstört. Er bellte bis spät in die Nacht, obwohl Priscilla zu Hause sein musste. Nur weil ich völlig übermüdet war, schlief ich trotz des Hundegeheuls ein.

Dass etwas mit Priscilla nicht stimmte, überhaupt nicht stimmte, wurde in den nächsten Tagen auf unheimliche Weise klar. Sie kam am nächsten Abend, dem Sonntagabend, nicht zu unserem Treffen, antwortete nicht in ihrer Wohnung, war auch telefonisch nicht zu erreichen.
Am Montag war die Polizei im ganzen Haus, und die Rauhaar und ich baten einen Beamten, in Priscillas Wohnung nachzusehen. Diesmal verständigte der Beamte den Hausmeister, der mit seinem Generalschlüssel öffnete.
Ich war schon auf das Schlimmste gefasst und kniff die Augen zu. Ich wollte es einfach nicht sehen. Priscilla war eine gute Freundin, ein Mensch, der mir nahestand. Es hätte mich noch viel härter getroffen, wenn ihr etwas zugestoßen wäre. Aber da lag niemand auf dem Boden. Die Wohnung war leer. Priscilla und Boris Johnson waren ausgeflogen. Es roch muffig. In der Küche sah ich schmutziges Geschirr in der Spüle. Ein voller Müllsack stand zugebunden auf dem Boden. Es sah so aus, als sei sie überstürzt aufgebrochen. So rasch, dass sie nicht mehr

abgespült und den Müll einfach vergessen hatte. Ansonsten war alles sauber aufgeräumt.
Ich erzählte der Polizei, dass Priscilla auf mich bedrückt gewirkt hatte, die Ereignisse sie sehr mitgenommen hatten. „Vielleicht hat sie schon eine neue Wohnung gefunden?", schlug die Rauhaar vor und glaubte selbst nicht so recht daran; sie verzog den Mund, als hätte sie Zahnschmerzen.
Unter normalen Umständen hätte die Polizei wohl noch keine Vermisstenanzeige akzeptiert. Aber nach allem, was im Haus geschehen war, befragten die Beamten sofort alle Bewohner. Bald stellte sich heraus, dass die Rauhaar und ich Priscilla zuletzt gesehen hatten.

Priscilla tauchte auch in den nächsten Tagen nicht wieder auf. Ich kannte weder Verwandte von ihr noch sonstige Freundinnen oder Freunde, die ich hätte kontaktieren können. Die Rauhaar beruhigte mich, die Polizei hätte sicher schon lange Priscillas Adressbuch durchforstet und würde ihre Arbeit machen.
Ein Fünkchen Hoffnung kam auf, als Priscilla auch nach einer Woche noch nicht wieder aufgetaucht war. Ich redete mir ein, dass es zumindest ein gutes Zeichen war, dass man noch keine Leiche gefunden hatte. Priscilla lebte vielleicht noch. Ich sagte mir, Priscilla war einfach durchgedreht und verreist, ohne eine Adresse zu hinterlassen, um einfach nur ihre Ruhe zu haben. Um alles zu vergessen. Und dazu war es erforderlich, dass nichts und niemand sie mehr an das Unglückshaus erinnerte. Die Rauhaar war da skeptischer. Sie hätte so eine dunkle Ahnung, behauptete sie, dass Priscilla ein schlimmes Ende genommen hätte. Die Wistlers waren für die Rauhaar zwar nach wie vor verdächtig,

weil Priscilla gewusst hatte, dass die Wistlers dealten, und sich die Wistlers auch durch Priscilla bedroht gefühlt haben konnten. Andererseits glaubte die Rauhaar aber nicht, dass die Wistlers, die sie als rationale Kriminelle bezeichnete, jetzt noch einmal einen Mord begangen hatten. Es wäre einfach zu riskant gewesen.
„Leute wie die Wistlers denken nach", betonte sie. Und damit verband die Rauhaar nun eine neue Theorie. Der Mörder war höchstwahrscheinlich nicht ganz normal.
Ich hütete mich inzwischen, die Theorien der Rauhaar gleich zu verwerfen. Gleichzeitig glaubte ich immer noch, dass sich Priscillas Verschwinden in Wohlgefallen auflösen würde. Oder ich wollte es glauben. Bis der Hausmeister im Nebenhaus eine Entdeckung im dortigen Biomüllcontainer machte.
Aus einem der Müllbeutel hatte etwas herausgeguckt, das da nicht hineingehörte. Der Hausmeister hatte wütend den Beutel geöffnet. Die Leute hielten sich einfach nicht an die Regeln! Und wie er vermutet hatte, gehörte die Pfote zu einem Tierkadaver. Tierkadaver gehörten am allerwenigsten in den Biomüll! Da hatte ein Mieter sein Tier gratis entsorgen wollen! Aber nicht mit ihm … Das hätte Folgen! Als er das Tier ganz herausgezogen hatte, erkannte er Boris Johnson. Das hatte ihn stutzig gemacht, und er hatte statt die Verwaltung als Erstes die Polizei informiert. Als ich davon erfuhr, verlor ich meine Hoffnung, Priscilla würde wieder lebend zurückkehren.
Boris Johnsons Tod sprach sich schnell im Haus herum. Die Polizei ging bei uns ein und aus, aber sie hielten es nicht für nötig, im Haus einen Beamten zu unserem Schutz unterzubringen. Auf meine Frage, warum das nicht ge-

schähe, teilte die Polizei mir mit, es gäbe nicht den kleinsten Hinweis, dass unter den Hausbewohnern ein Täter sei. Auch die Rauhaar beruhigte diese Aussage keineswegs. Sie hielt die städtische Polizei für unfähig. Wer in der Schule versagte, der ging entweder zur Bank oder zur Polizei, untermauerte sie ihre Annahme.
Alle Einwohner waren sichtlich schwer verängstigt. Im Haus war es seither sehr still. Abends hörte man niemanden mehr ausgehen: Die Leute verbarrikadierten sich in ihren Wohnungen.

Auch ohne Priscilla traf ich mich weiterhin jeden Abend mit der Rauhaar. Wir überlegten, wer im Haus *so verrückt* sein konnte, einen nach dem anderen umzubringen. Für die Rauhaar machte nach wie vor nur jemand aus dem Haus einen Sinn. Und langsam hielt auch ich das für am wahrscheinlichsten.
Wir gingen nochmal die Leute hier drinnen durch, die noch am Leben waren. Die Feldner-Schwestern erschienen harmlos. Junge Mädchen, die ihre ersten Jobs ergatterten, lebenslustig, fast noch pubertär mit ihrem Gekicher. Meine Großmutter hätte sie als *Backfische* bezeichnet. Aber der Anschein konnte trügen. Zumindest verhielt es sich in den englischen Krimis, die die Rauhaar im Fernsehen ansah, so, dass der Mörder am Ende immer die Person war, die die ganze Zeit über am unverdächtigsten erschien oder die man nicht einmal in Betracht gezogen hatte.
Zimmermann war zwar geschieden, schien aber ein guter Vater für seine zwei Söhne zu sein. Er besuchte sie jedes Wochenende. Wenn das stimmte. Ich hatte ein wenig im Internet recherchiert. Er besaß ein Baugeschäft, verdiente

sicher gut. Und er hatte in der Gemeinde, in der seine Villa lag, sogar einen Kindergarten mitfinanziert. Einem geschiedenen Mann haftet ein gewisser Makel an. Wirklich Schlechtes konnte man über Zimmermann aber nicht sagen. Ich fand, er war sogar fürsorglich. Wenn er uns alle einlud, gab er sich Mühe, es allen recht zu machen. Er hatte für einen immer ein nettes Wort und einen Scherz parat, wenn man sich zufällig über den Weg lief. Und jedes Mal ging man dann lachend auseinander. Als er uns vor Ramonas Tür Champagner serviert hatte, wollte er uns einfach das Warten erleichtern, auch wenn das unpassend war. Oder vielleicht auch nicht und ihm fehlte jede Empathie?

Begegnete man Matt Reynolds, war schon der erste Eindruck seltsam. Der Mann war zu schön für einen Mann, zu grazil, zu elegant. Seine Haut war zu fein, sein Lächeln zu scheu. Matt kam mir zudem sehr betroffen vor wegen Enis‘ Tod. Er hatte seine gesunde Gesichtsfarbe verloren, war geradezu totenblass. Die Rauhaar meinte, mit Matt stimme definitiv etwas nicht. Sie nannte ihn bereits den *schönen Vampir.*

Bei Marina waren wir uns einig, dass sie jederzeit ausrasten konnte. Ihre Aggressionslust war nicht normal.

Die Wistlers waren Drogen-Kriminelle, also auch jenseits der Normalität.

Jean hatte Frauen im Kopf, sah gut aus und konnte auch so einige Frauen haben. Die Rauhaar bezeichnete ihn als Müßiggänger und betonte: *Müßiggang ist aller Laster Anfang.* Jean hatte für ihren Geschmack einfach zu viel Zeit. Die Rauhaar hatte einmal einen Horrorroman gelesen, in dem ein Kerl eine ganze Reihe Frauen einfach aus Langeweile

umbrachte. Als ich zum Schluss sagte, dass wir auch uns selbst einbeziehen müssten und in einem englischen Krimi, sie, Frau Rauhaar, die ideale Tatverdächtige sei, zumal sie selbst mit der Verbrechensaufklärung beschäftigt war, lachte die Rauhaar so herzlich, dass ich zumindest sie guten Gewissens ausschließen konnte. Wobei sie mich auch ausschloss. Sie meinte, ich sei so sehr mit meinen Forschungen beschäftigt, dass ich kein Delikt brauchen könne, ein Delikt bedeute für mich schlicht zu viel Ablenkung.
„Wir kommen wieder mal nicht weiter“, resümierte die Rauhaar unsere Überlegungen.
Ich gab ihr recht. „Und wenn wir alle zusammen einladen?“
Die Rauhaar machte große Augen, zuerst vor Staunen, denn auf die Idee wäre sie nicht gekommen, und dann vor Erwartung. Sie frohlockte, war gleich Feuer und Flamme. „Ich stelle meine Wohnung zur Verfügung. Lachs-, Wurst- und Käsehäppchen. Rot- und Weißwein! Im Café Bümpilz bestelle ich noch die leckeren Kanapees. Und eine Zitronentorte. Etwas Süßes muss es unbedingt geben …“ Sie hatte im Kopf schon alles geplant. „Und dann beobachten wir ganz genau unsere feinen Gäste.“
Ich schlug vor, dass wir uns vor der Einladung unverfängliche Fragen ausdachten, Fragen, deren Antworten uns etwas verraten konnten.
„Das wird besser als jedes Kreuzworträtsel“, freute sich die Rauhaar.
Ich hatte zwar den Vorschlag gemacht, mir war aber nicht ganz wohl dabei. „Wir müssen uns bewusst sein, dass der Mörder unter uns sein kann. Wir ihm vielleicht direkt gegenübersitzen. Es kann gefährlich werden.“

Die Rauhaar winkte sofort ab. Sie sah schon das große Theater auf der Bühne ihrer Wohnung gefährdet. „Niemand wird absagen, und wenn so viele beisammen sind, kann er nichts tun. Ich hab außerdem Pfefferspray da."
Ich seufzte.

Kapitel VII

Die Rauhaar übernahm die Einladungen. Und niemand sagte ab.
Die Feldner-Schwestern und Jean fanden sogar, es sei eine ausgezeichnete Idee. Und Zimmermann schlug vor, dass wir uns bei ihm treffen konnten. Es sei so heiß, man könne auf seiner Terrasse etwas trinken. Es sei wichtig, kühlen Kopf zu behalten.
Zimmermanns große Dachterrasse war natürlich vorzuziehen. Die Rauhaar ließ es sich aber nicht nehmen, die Häppchen beizusteuern.

Wir hatten noch einen Abend Zeit, um uns auf das Treffen vorzubereiten. Wir gaben uns die größte Mühe, uns intelligente Fragen auszudenken. Unsere Einfälle konnte man aber nur als *mager* bezeichnen. Die Rauhaar meinte schließlich, es sei besser, sich einfach zu unterhalten und dabei jeden genau zu beobachten. Das Stellen von Fragen konnte den Mörder im Übrigen aufmerksam und vorsichtig machen. Es würde ohnehin um die Todesfälle und das Verschwindens von Priscilla gehen, da konnte sich der Mörder auffällig verhalten. Es war in der Tat sicherer, nichts zu fragen. Ich hätte ohnedies verdächtig unnatürlich gewirkt, hätte ich eine vorbereitete Frage gestellt.

Da die Rauhaar Mitgastgeberin war, wollte sie möglichst viel Alkohol nachschenken, um die Zungen zu lösen. Ich war mit allem einverstanden.
An dem Abend war ich schrecklich müde, und so trennten wir uns früh. Die Rauhaar nahm noch mit einem Glas Wein ihren Posten in der Besenkammer im vierten Stock ein. Sobald sie ein Geräusch hörte, wollte sie rausschleichen, und von oben das ganze Treppenhaus in den Blick nehmen.

Ich war gerade am Einschlafen, als es an meiner Tür läutete. Zuerst so zaghaft, dass ich glaubte, ich hätte mich getäuscht. Dann noch einmal.
Diesmal war das Läuten deutlich und in die Länge gedehnt. Ich fuhr hoch und mir brach schon der Schweiß aus. So schnell hatte ich noch nie geschwitzt. Mein Herz klopfte in voller Panik. Ich knipste das Nachttischlicht an. Mitternacht! Es gab keinen Zweifel. Der Mörder stand vor meiner Tür. Nun war ich dran! Der Telefonhörer lag neben mir. Ich konnte ihn kaum ergreifen, geschweige denn halten, so zitterte ich. Ich tippte wacklig den Notruf ein und hatte panische Angst, ich treffe die falschen Tasten. Es läutete … Warum ging niemand ran? Ich hielt den Atem an. Da, eine Stimme! Mein Gott, lass es keine automatische Ansage sein ... Eine menschliche Stimme fragte, wie sie helfen kann. Ich brachte kein Wort raus, atmete nur in den Hörer, schluchzte schließlich hilflos. Die Stimme sagte etwas wie: „Ruhig, sprechen Sie langsam …“ Ich brachte es fertig, sagte meinen Namen, die Adresse und stotterte, dass der Mörder vor meiner Tür stand. Mein Herz hämmerte so laut, dass ich kaum die Anweisungen verstand,

die die Stimme mir am anderen Ende der Leitung gab. Es würde nur wenige Minuten dauern, verstand ich. Ich solle nicht auflegen … Auf meinem Nachttisch klingelte nun auch mein Mobiltelefon. Seit den grauenhaften Ereignissen im Haus hatte ich immer beide Telefone direkt neben meinem Bett liegen, falls eines ausfiele. Ich weiß nicht, wie es mir gelang, abzuheben, obwohl ich auf einmal völlig steif vor Angst war, mich praktisch nicht mehr bewegen konnte. Die Stimme der Rauhaar! Sie sagte etwas. Ich verstand sie in meiner Angst zunächst nicht. Sie rief laut ins Telefon, ob ich sie hören konnte. Ich brachte keinen Ton mehr raus, bis auf ein krächzendes „Hilfe“. Dieses Hilfe klang nicht nach meiner Stimme. Ich hatte in der Angst eine Ersatzstimme bekommen, die weit tiefer ansetzte. Irgendwann begriff ich endlich, dass die Rauhaar eben bei mir geläutet hatte. Ich sackte zusammen wie ein Ballon, aus dem die Luft entwich. Eine Minute lag ich nur still da, dann versuchte ich mich zu fassen. Ich musste den Notruf nochmals wählen und Entwarnung geben.

Die Rauhaar kam noch mal herauf, und ich machte erst auf, nachdem ich mit Wackelknien durch den Spion gespäht hatte.

„Meine Güte, du siehst ja ganz krank aus!“ Sie bot an, für mich Kamillentee zu kochen. „Wenn ich gewusst hätte, dass du dich so erschreckst, wäre ich nicht mehr vorbeigekommen. Aber es ist nun mal wichtig ...“

Die Rauhaar machte sich an meinem Küchenbuffet zu schaffen und kochte Tee, als sei sie in ihrer Küche. Ich fläzte mich auf einen Küchenstuhl. Mein Körper war aus Pudding.

Die Rauhaar wirkte hellwach. Ihre Augen funkelten. „Wir sind einen Schritt weiter. Ich habe etwas gesehen!“
Ich sperrte die Augen auf. Nur meine Augenmuskeln arbeiteten, ansonsten war alles an mir schlaff.
„Jean war bei den Wistlers.“
„Wann?“, brachte ich heraus.
„Kurz nach elf. Er hat dort geläutet, ging rein und kam erst kurz vor zwölf wieder raus. Da ist was faul!“
Ich konnte auf einmal wieder denken. War das wichtig?
„Vielleicht ist er ein Kunde der Wistlers?“
„Ha, hab ich auch vermutet. Aber Jean kam raus, wie er reinkam. Ohne irgendwelchen Stoff.“
„Den kann er in die Hosentasche gesteckt haben. Vielleicht hat er nur so ein kleines Briefchen gekauft.“
„Er war wieder halb nackt. Boxershorts und T-Shirt. Da passt nicht viel rein.“ Die Rauhaar machte riesige Augen.
Ich konnte ehrlich gesagt die Aufregung der Rauhaar nicht ganz verstehen. Ich fand nicht, dass wir jetzt dem Mörder nähergekommen waren. Und da ich große Probleme hatte, nach der ganzen Aufregung wieder einzuschlafen, verfluchte ich die Rauhaar noch im Bett.

Es wäre mir nicht in den Sinn gekommen, dass ich am nächsten Morgen meine Meinung wieder einmal revidieren würde.
Als ich am nächsten Morgen am Kapitel über den „bösen Blick“ arbeitete, hörte ich einen Lärm im Treppenhaus, der nicht normal war. In letzter Zeit war es totenstill gewesen, da fiel der Lärm besonders auf. Gegen elf hörte ich unten auf einmal Getrappel von vielen Füßen und viele Stimmen, die aufgeregt durcheinanderredeten. Durch den Spion

erblickte ich wieder Polizeibeamte. Ich konnte also gefahrlos rausgehen, um nachzusehen, was los war.
Jeans Eltern waren gekommen. Jeans Mutter, schlank, mit straff nach hinten gezogenen braunen Haaren, kreischte die Beamten an. Sie war außer sich. Sie hatte einen Schlüssel dabei und öffnete die Wohnungstür ihres Sohnes. Die Eltern gingen als Erste hinein. Die Beamten folgten. Lautes Reden, Schimpfen, Schreien aus der Wohnung. Ich hielt den Atem an, um etwas zu erlauschen. Was war passiert? Ein weiteres Opfer? War es diesmal Jean?
Einer der drei Beamten kam wieder heraus. Ich blickte starr nach unten. Es muss so gewirkt haben, als kotze ich gleich über das Treppengeländer. Er kam zu mir hoch und gab Auskunft.
Jean hatte sich nicht mehr gemeldet – Frau Colomb und ihr Sohn telefonierten mindestens dreimal am Tag, auch noch nach elf Uhr abends – und er war auch nicht mehr erreichbar gewesen. Um neun Uhr an diesem Morgen war er mit seiner Mutter verabredet gewesen, um sie zum Hautarzt zu begleiten. Jean hielt solche Termine immer ein. Erst als er da nicht erschienen war, hatte Frau Colomb die Polizei verständigt. Wann ich Jean zum letzten Mal gesehen hätte, fragte mich der Beamte. Ich wollte gerade antworten, da stürmte die Rauhaar mit zwei Einkaufstaschen ins Treppenhaus. Sie erblickte die Polizeibeamten, dann die offene Tür zu Jeans Wohnung und schien sofort zu wissen, was los war. „Schon wieder ein Opfer", rief sie ungehalten. „Bald sind wir alle tot, und Sie stehen hier untätig rum. Sie haben ja noch nichts, aber auch noch gar nichts rausgefunden!"

Frau Colomb kam aus Jeans Wohnung gestürzt und schimpfte aus voller Kehle. Gleichzeitig verschluckte sie sich immer wieder vor unkontrolliertem Heulen. Herr Colomb kam nun ebenfalls ins Treppenhaus, fasste seine Frau um die Schultern und versuchte, sie zu beruhigen. Er wirkte behäbig, fast plump neben seiner drahtigen Frau. Die beiden gaben ein Bild großer Hilflosigkeit ab. Dann beschimpfte auch er die Beamten.

„Da weiß *ich* ja mehr als die Polizei", schrie die Rauhaar, nachdem Herr Colomb seine Schimpftirade losgelassen hatte, und blies den Beamten den Marsch, dass sie gefälligst die Wistlers befragen sollten. „Nachts zwischen elf und zwölf war Jean bei den Wistlers!"

Die Beamten waren überrascht, wie die Rauhaar zu ihren Erkenntnissen gekommen war, was sie nachts im Treppenhaus tat.

Einer der Beamten wagte es, sie danach zu fragen.

Die Rauhaar schwitzte vor Entrüstung. Ihre Nasenflügel glänzten im Licht. Sie sagte darauf nichts.

Die Beamten guckten sich bloß an. Zwei setzten sich schließlich in den zweiten Stock in Bewegung.

Es dauerte, bis bei den Wistlers jemand öffnete. Frau Wistler erschien nach einer langen Weile im Negligé in der Tür und schimpfte ebenfalls. Statt einen Durchsuchungsbefehl zu verlangen, ließ sie die Beamten allerdings ein. Das brachte mich auf den Gedanken, dass die Wistlers ihre Drogen aus Sicherheitsgründen anderswo deponiert hatten. Und als ich noch überlegte, ob sie den Stoff im Keller versteckt haben mochten, fand der dritte Beamte in Jeans Wohnung einen Rucksack voller Kokain.

Hatten die Todes- und Verschwindensfälle im Haus also doch etwas mit Drogen zu tun? Und was war mit Priscilla? Priscilla und Drogen hatten nun gar nichts miteinander zu tun ... Zumindest konnte ich mir das schwer vorstellen. Sie wusste allerdings, dass die Wistlers dealten. Auf meine dringliche Frage nach Priscilla sagten die Beamten, von Priscilla gäbe es noch keine Spur. War sie tot? Lebte sie noch? Und Jean? War er tot oder nur verschwunden? … Ich hatte nur Fragen und keine Antworten.

Im Laufe meiner Forschungen waren mir Sensitive begegnet, die in verzwickten Kriminalfällen der Polizei halfen. So jemand wäre jetzt vonnöten gewesen. Zur Zeit Ludwig XIV. gab es einen französischen Bauern mit legendären Fähigkeiten. Man erbat wiederholt seine Hilfe bei der Aufklärung eines Verbrechens. Sobald er den Tatort betrat und dort vielleicht noch ein Tatinstrument berühren konnte, sah er den Mörder vor sich, seinen Fluchtweg und auch seinen aktuellen Aufenthaltsort. Er las aus dem Gedächtnis des Ortes und der dort befindlichen Gegenstände alle möglichen Informationen heraus. Richter und Ärzte wurden Zeugen dieser Fähigkeiten. Der Bauer erlangte derartige Berühmtheit, dass er schließlich dem König vorgestellt wurde. Auch in unserer Zeit gibt es viele Fälle, in denen Sensitive der Polizei halfen. Im Fall der Entführung Aldo Moros, des Parteivorsitzenden der italienischen Christdemokraten, beispielsweise hat der italienische Geheimdienst 1978, als er nicht mehr weiterwusste, Sensitive befragt. Romano Prodi hat das bestätigt. Das Resultat war ein Wort: Gradoli. Im Ort Gradoli wurde man allerdings nicht fündig. Dann fand man Aldo Moro ermordet in einem

Wagen. In der Straße Gradoli in Rom allerdings entdeckte man das Versteck der roten Brigaden, die den Mord ausgeführt hatten. Von den meisten durch Sensitive gelösten Fällen erfahren wir nichts. Sie werden verschwiegen. Man sieht auf Sensitive, die der Polizei helfen, herab, als seien sie unseriös. Wenn man aber einen Fall mit herkömmlichen Mitteln nicht lösen kann, dann nimmt man ihre Hilfe in Anspruch. Also ausgerechnet die schwierigsten Fälle vertraut man ihnen an.

Kapitel VIII

Am Nachmittag rief mich die Rauhaar erneut an. Sie war aufgeregt und ratlos. Sie wusste nicht, was sie am Abend anziehen sollte. Das Treffen der Einwohner bei Zimmermann sei eigentlich eine traurige Sache, sie wollte aber doch nicht Schwarz tragen. Dann zählte sie mir alle möglichen Kombinationen aus ihrem Kleiderschrank auf. Es beschäftigte sie, als handle es sich um einen großen Auftritt. Ich musste denken, ohne die Einladung bei Zimmermann hätte etwas gefehlt. Wir hätten ein Drama gehabt, dem der letzte Akt fehlte. Ich war noch mitten, wenn auch mehr schlecht als recht, in der Arbeit und schlug einfach vor: *dunkelblaues Kostüm.* Die Rauhaar hielt es zuerst für eine gute Idee, dann legte sich aber Bedauern in ihre Stimme. Vielleicht wünschte sie sich Paradiesvogelfarben.

Kurz vor sieben rief sie mich noch einmal an. Sie klang aufgeregt. Ihre Stimme schrillte. Sie sei mit den Platten belegter Häppchen zu Zimmermann hochgefahren, und der hätte nicht aufgemacht. Auch nicht, als sie es eine halbe Minute lang ununterbrochen hatte läuten lassen. In

ihrer Verzweiflung hatte sie die Platten einfach vor seiner Wohnung auf dem Treppenabsatz abgestellt.
„Wir müssen sofort die Polizei rufen", meinte ich und ahnte schon das Schlimmste. Es war nicht normal, dass Zimmermann uns alle eingeladen hatte und nicht da war. Er würde nie eine Einladung vergessen.
Die Rauhaar war anscheinend so mit den Häppchen beschäftigt gewesen, dass ihr diese Idee noch gar nicht gekommen war. „Meine Güte! … Natürlich! Sofort."
Nur wenige Minuten später stand ich oben vor Zimmermanns Tür. Und auch die anderen, bis auf die Wistlers und Marina Dunst, warteten schon dort. Marina hatte sich entschuldigen lassen. Sie hatte eine Wochenendreise nach Paris gebucht. In den Augen der Rauhaar reichlich unpassend und auch verdächtig. Na ja, die Dunst konnte diese Reise ja auch schon lange vorher gebucht haben und wollte sie eben nicht verfallen lassen.
Die Platten der Rauhaar standen aufgereiht auf dem Boden. Der Zitronenkuchen drohte klebrig zu zerlaufen bei der Wärme. Wir blickten einander stumm an. Niemand wollte die schreckliche Vermutung äußern. Sie lag spürbar in der Luft.
Um Viertel nach sieben stieg dann Zimmermann keuchend aus dem Aufzug im dritten Stock, ging in seinen Kühlraum dort und kam wieder heraus mit einer Tasche voller Flaschen, die er sich über die Schulter hängte. Wir begrüßten ihn laut von oben. Die Erleichterung war jedem von uns anzumerken.
Als er im vierten Stock bei uns ausstieg, hingen seine Haare in verschwitzten Strähnen herab. Sein Sommerjackett

hatte nasse Flecke. Und sein Gesicht glänzte wie ranziges Fett. Er sah erbärmlich aus. Was war nur mit ihm los?
Zimmermann war vor einer roten Ampel auf seinen Vordermann aufgefahren. Seine Bremsen hatten plötzlich versagt. Er hatte das Pedal in Panik voll durchgetreten. Nichts. Keine Reaktion; sein Wagen fuhr einfach weiter und krachte in den Wagen vor ihm. Er hatte zum Glück Tempo 30 eingehalten, und so hatte es bei beiden nur einen mittleren Blechschaden gegeben. Er selbst war gegen sein Lenkrad geprallt. Seine Rippen schmerzten jetzt noch.
Zimmermann stellte ächzend die schwere Tasche ab, um seinen Wohnungsschlüssel aus der Hose zu angeln. Matt übernahm gleich die Tasche. Ihn konnte man wahrscheinlich als Mörder ausschließen. Mörder sind selten hilfsbereit. Oder doch? Gibt es hilfsbereite Mörder?
Die Rauhaar kam hochgefahren, das Telefon am Ohr. „Meine Güte! Haben wir uns Sorgen gemacht um Sie. Wir dachten schon, Sie hat's als Nächsten erwischt!" Sie hatte die Polizei in der Leitung und reichte den Hörer an Zimmermann weiter.
Zimmermann hatte den Vorfall bereits gemeldet. Sein Fahrzeug war in der Werkstatt und würde von Beamten untersucht werden. Zimmermanns Teint war weißgelb und teigig. Es ging ihm nicht gut. Er musste einen enormen Schrecken bekommen haben. Wäre er viel schneller gefahren, hätte es auch einen Unfall mit Todesfolge geben können.
Zimmermann schloss seine Wohnung auf. Seine Hand wackelte dabei, als sei sie aus einem schwabbligen Material. Wir gingen stumm hinein, die Rauhaar und die Feldner-Schwestern mit den Häppchenplatten. Zimmermann ent-

schuldigte sich, dass er die Platten nicht vom Boden aufgehoben hatte, er konnte sich nicht bücken, die Schmerzen waren einfach zu stark. Wir konnten ihn nicht überreden, einen Notarzt zu rufen. Er war sich sicher, es sei nur eine angeknackste Rippe. Da könne man sowieso nichts machen, außer sich ruhig verhalten. Matt Reynolds hatte in seiner Wohnung elastischen Verband und wollte ihn für Zimmermann holen. Beim Ballett zog man sich ständig irgendwelche Prellungen, Überdehnungen oder Verstauchungen zu und hatte für alles Verbände parat. Zimmermann lehnte auch das ab. Er meinte, er wolle sich vorsichtig ein frisches Hemd anziehen und dann in aller Ruhe ein Gläschen auf seiner Terrasse trinken, es sei ja nichts weiter passiert, damit sei ihm schon gedient.

Die Rauhaar, die Feldners, Matt und ich brachten die Platten, Teller und Gläser nach oben auf die Dachterrasse. Zimmermann ließ es sich nicht nehmen, vier Champagnerflaschen hochzubringen, nachdem er sich unten umgezogen hatte. Matt schimpfte mit ihm, weil er uns nicht um Hilfe gebeten hatte. Mit einem Seufzer ließ Zimmermann sich in einen Korbstuhl gleiten. Sein Gesicht verzog sich dabei; das Hinsetzen tat ihm weh. Er hatte aber schon wieder etwas Farbe bekommen und mit dem frischen hellrosa Hemd, gewaschenen Gesicht und gekämmten Haaren sah er fast wieder normal aus. Seine Gesichtszüge entspannten sich mehr und mehr. Er wirkte, als hätte er etwas gut überstanden, fast zufrieden. Matt teilte die Gläser aus und schenkte allen ein. Wieder sprach niemand etwas. Unsere Gedanken konnte man quasi hören: Zimmermann wäre beinahe das nächste Opfer geworden.

Die Bedrückung lag greifbar in der Luft und wäre vielleicht in Peinlichkeit übergegangen, wenn nicht das Schrillen der Türglocke für Unterbrechung gesorgt hätte. Matt rannte runter, um zu öffnen.
Die Rauhaar blickte mich verschwörerisch an und zischte: „Die Wistlers."
Es hatte sich herumgesprochen, dass Jean in der Nacht vor seinem mysteriösen Verschwinden bei den Wistlers gewesen war.
Als Matt mit den Wistlers auf die Terrasse hochkam, schlug die Stimmung ins Eisige um. Es war spürbar, dass nicht nur die Rauhaar sie als verdächtig einschätzte.
Eine der Feldner-Schwestern brach das Eis und fragte in die Runde: „Gibt es etwas Neues von Jean?" Es klang unschuldig, fast naiv.
Zimmermann trank sein Glas in einem Zug leer. „Ich habe Hoffnung, dass Jean wieder auftaucht. Junge Männer sagen ja nicht immer, wohin sie gehen. Und er ist auch noch nicht lange weg."
Die Rauhaar schenkte noch halb volle Gläser nach. Als sie den Feldners einschenkte, bemerkte sie: „Herrn Colomb fanden Sie doch eher lästig. Warum erkundigen Sie sich ausgerechnet nach ihm?"
Die beiden Feldners liefen rot an. Die Rothaarige stotterte: „Er war der letzte Fall, ähm, die letzte Person, wegen der die Polizei im Haus war … Deshalb."
Das ließ die Rauhaar gelten. „Wenn man bedenkt …", sie ließ den Blick schweifen, „… wir sind jetzt nur noch neun." Dann machte sie eine Pause, bevor sie weitersprach. „… und der Mörder ist vielleicht mitten unter uns."

Das hatte gesessen. Auch mich traf der Wagemut der Rauhaar wie ein Schlag. Ich beobachtete scharf alle Gesichter. Matt machte große Augen und zuckte. Frau Wistler öffnete unkontrolliert den Mund. Herr Wistlers Stirn runzelte sich stark. Er sah eher verwirrt aus. Die Feldners bekamen Angst, das war deutlich. Ihre Gesichter schnurrten quasi zusammen. Und Zimmermann seufzte, als sei etwas todtraurig. Jeder blickte wie beiläufig jeden an, und alle tranken emsig, während die Rauhaar immer mehr einschenkte.
Ich bewunderte sie in diesem Moment. Sie wirkte auf mich wie eine Zirkusdompteuse, die alle wilden Tiere in der Arena unter Kontrolle hat und Regie führt.
„Meine Frau und ich, wir haben beschlossen auszuziehen", sagte Wistler trocken, bevor sich tödliches Schweigen breitmachen konnte.
Der Satz und wie Wistler ihn so unaufgeregt vorbrachte, schmälerte meinen Verdacht ein wenig …
„Wir auch", sagte die Blonde der Feldner-Schwestern kleinlaut.
Matt bekannte sich dazu, schon Hotels nach Monatsarrangements abgefragt zu haben.
Die andere Feldner-Schwester lachte leise auf. „Am Ende ist der Mörder alleine im Haus und entlarvt sich auf die Art."
Matt musste auf einmal laut lachen. Er hatte schon das vierte Glas gekippt. Er trank, als wolle er einen Kummer ersäufen.
„Ich habe noch nicht an Auszug gedacht. Dann bin ich es", antwortete Zimmermann und prostete allen zu.
Nun lachten auch die Feldner-Schwestern fast unbeschwert.

„Wenn es Sie als Nächsten erwischt, dann brauchen Sie auch nicht mehr auszuziehen“, bemerkte die Rauhaar dunkel.
Zimmermann horchte auf. „Mich hat es ja schon erwischt. Und ich bin davongekommen. Ich bin jetzt vielleicht sakrosankt.“
Wieder Gelächter. Es gab jetzt keine Gesprächspausen mehr, sondern eine rege Unterhaltung und immer mehr Gelächter. Irgendwann schlug Zimmermann vor, dass etwas Paranormales im Haus sein Unwesen treiben könnte, ich sei doch Expertin, was ich dazu meinte. Ob es böse Orte gebe, an denen unweigerlich Böses geschieht.
Wenn ich über meine Forschungen spreche, vergesse ich alles andere, und ich erklärte allen, was ich unter bösen Orten verstehe. Solche Orte sind für mich etwa Konzentrationslager oder Schlachtfelder. Was dort war oder geschah, hat bis heute eine üble Ausstrahlung. Es gibt dort *einen Ortsgeist*: Dabei geht es für mich um die Wirkung der Vergangenheit, die eine bestimmte Stimmung erzeugt. Zimmermann hätte bevorzugt, wenn so etwas wie ein personaler böser Geist an einem bösen Ort sein Unwesen trieb. So einem Phänomen stand ich aber, wie gesagt, eher skeptisch gegenüber. Das war für mich Hollywood-Stoff. So etwas wie der angebliche Spuk auf dem Obersalzberg gefiel Zimmermann. Bei den überwachsenen Ruinen des Berghof-Geländes wurde nach 1945 immer wieder Hitler im Unterholz gesehen. So häufig, dass man die Notwendigkeit sah, ihn 1956 schließlich offiziell für tot zu erklären. Bald sprachen wir nur noch über solche eher unseriösen Gespenstergeschichten, von denen ich unzählige kannte, und alle erregten Staunen und Heiterkeit.

Die Zusammenkunft glich immer mehr einem Kindergeburtstag und ich hatte zunehmend das Gefühl, dass der Mörder nicht unter uns sein konnte.
Die Unterhaltung wurde immer reger, Lachen über Lachen ertönte, Gläser klingelten, alles unter einem klaren Sommerabendhimmel, an dem bald Sterne aufzogen.
Vergegenwärtigt man sich die Tragödien, die vorgefallen waren, und die Gefahr, die lauerte, muss man diesen Abend als surreal bezeichnen.
Wie ein beklommenes Schweigen in eine lustige Verbrüderung übergehen konnte, das hatte nur durch den Alkohol geschehen können oder besser durch die Mischung aus Alkohol, Verzweiflung und Angst. Vielleicht brachten gerade die untergründige Angst und Verzweiflung die Alkoholheiterkeit erst zum Schäumen.
Irgendwann witzelten wir sogar über die Dunst. Matt und Zimmermann stellten sich vor, wie es wäre, von Marina Dunst angegriffen und umgebracht zu werden. Sie ließen es in ihrer Fantasie immer wieder auf neue Weise geschehen, als wäre es ein tolles Spiel, ein Heidenspaß. Und alle prusteten los vor Lachen.
Es war eine Titanic-Situation. Im Angesicht des Untergangs feierte man eine Party, tanzte man über dem Abgrund. Und weil die Heiterkeit eigentlich nicht echt war, stellte sich auch bald, nach dem fünften oder sechsten Glas, schwere Müdigkeit ein. Vielleicht sogar Erschöpfung. Mir war irgendwann alles unheimlich egal. Sollte doch der Mörder unter uns sein. Sollte er ruhig sein nächstes Opfer aussuchen. Ich jedenfalls wollte nur noch in meine Wohnung, hinter mir zuschließen und ins Bett. Schlafen und

vergessen. Und beim Aufwachen wäre vielleicht alles nur ein böser Traum.
Die Idee mit dem Alkohol war prinzipiell gut gewesen. Nur hatte die Rauhaar zu schnell und zu viel nachgeschenkt. Alle hatten zu schnell und zu viel getrunken, weil sich jeder unwohl gefühlt hatte, sodass im surrealen Herumwitzeln jegliche Information, die auf den Täter hätte hinweisen können, untergehen musste.
Selbst Zimmermann, der bislang trinkfest schien, nuschelte bald nur noch. Ich hörte ihn noch murmeln, dass er wenigstens bis morgen überleben musste. Da machte er mit seinem Sohn einen dreitägigen Geburtstagstrip nach Turin, zum Fußballspiel Juventus Turin gegen den FC Bayern.
Auch die Rauhaar wirkte erschöpft. Sie schenkte nicht mehr nach. Sie hing nur noch in ihrem Korbstuhl und brach schließlich auf.
Ich war froh, ich wollte nicht die Erste sein und schloss mich dankbar an. Die anderen würden auch nicht mehr lange bleiben, vermutete ich. Matt waren schon die Augen zugefallen. Die Feldners gähnten laufend, und die Wistlers starrten nur noch glasig vor sich hin.
Ich begleitete die Rauhaar im Lift ins Erdgeschoss. Sie hatte auf einmal die verrückte Idee, bei Priscilla zu läuten. Ich fühlte mich unbehaglich. Wie in einem Gruselfilm. Womöglich hatte ich die kindliche Angst, eine lebende Tote würde uns aufmachen.
Die Rauhaar drückte auf die Klingel. Das Läuten hallte durchs Treppenhaus. Nichts. Stille. Die Stille war so still, dass ich mein Herz schlagen hörte. Totenstille. Nochmals und nochmals läutete die Rauhaar, bis ich ihren Arm berührte. Es war, als wache sie aus einem Wahn auf.

„Ich begreife erst jetzt so richtig, dass ich ganz alleine im Erdgeschoss wohne“, sagte sie leise.
Ich hätte schwören können, eine Träne quoll ihr aus dem Augenwinkel. Aber dann schien der Augenwinkel sie wieder zu verschlucken, als die Haustür aufflog und Marina hereinbrauste.
Die Rauhaar stellte augenblicklich auf Empörung um. „Ich dachte, Sie sind in Paris!“
„War ich auch“, blaffte die Dunst.
„An einem Tag hin und zurück, lohnt sich das?“, fühlte die Rauhaar nach.
„Das geht doch Sie nichts an!“, gab die Dunst barsch zurück.
Die Empörung der Rauhaar wuchs, sie lief dunkelrot an. „Begreifen Sie nicht, was hier im Haus los ist?“
„Das Haus geht mir am Arsch vorbei“, war die Antwort.
Die Rauhaar wurde jetzt bleich. Ich bekam Angst, ihr Herz bliebe stehen. „Wenn Ihnen Menschenleben so gleichgültig sind, dann können Sie auch leicht jemanden umbringen.“
Die Dunst wurde wider Erwarten nicht lauter. Sie klang sogar beschwichtigend. „Hören Sie, mich stört das alles auch, und zwar verdammt heftig. Ich will hier nicht mehr wohnen. Ich frag mich jede Nacht, bin ich die Nächste? Und da soll ich auf eine Party gehen, womöglich mit dem Mörder?“
Die Rauhaar entspannte sich augenblicklich und blickte die Dunst nur neugierig an.
„Ich habe Angst“, gab die Dunst zu. „Eine Scheißangst.“
Die Rauhaar war sichtlich ebenso überrascht wie ich. Ein weinerlicher Ausdruck verzerrte das Gesicht der Dunst.

Und man litt bei dem Anblick unmittelbar mit, so echt wirkte es.
„Wenn ihr riskiert habt, auf die Party zu gehen, ist das eure Sache. Ich halt mich da raus.“ Der Ton der Dunst war erneut harsch. Sie drehte uns den Rücken zu und schloss ihre Tür mit einem bösen Knall vor unserer Nase, wieder ganz die Alte.
„Hast du gesehen, wie sie mich eben angeguckt hat?“, flüsterte mir die Rauhaar zu. „Wenn Blicke töten könnten ...“
„Das können sie“, antwortete ich, und ich meinte es ernst. Ich hatte mich mit dem bösen Blick beschäftigt. Gemeint ist damit die Fähigkeit, Lebewesen durch einen Blick Schaden zufügen zu können. Der böse Blick setzt voraus, dass die getroffene Person ihn speichert, er ihr fortan anhaftet, und dass er dann auch noch wirkt. Der Glaube an den bösen Blick ist womöglich prähistorisch. Bis heute glauben nicht nur Griechen, Italiener und vor allem auch Araber – „das Auge des Neids“ – an den bösen Blick und tragen entsprechende Amulette; Porzellanaugen oder die Hand der Fatima. Auch das christliche Kreuz soll den bösen Blick abwehren, natürlich nicht nach der offiziellen Kirchendoktrin. Menschen, aber auch Tiere können den bösen Blick haben. Und sogar Gegenstände. Das setzt voraus, dass auch Gegenstände den bösen Blick speichern können, also ein Gedächtnis haben. Es gibt ein riesiges Fallmaterial, welches das Phänomen untermauert. Nicht nur Parapsychologen, auch Anthropologen und Psychologen ziehen allmählich die Möglichkeit in Betracht, dass der menschliche Geist Energie mittels des Auges projizieren kann. Diese Energie kann riesig sein. Papst Leo XIII. war

etwa als „iettatore“ – Ausüber des bösen Blicks – verschrien; seinem bösen Blick wurde sogar der Tod vieler seiner Kardinäle zugeschrieben. Auch Napoleon III., Kaiser Wilhelm II., Lord Byron und G. B. Shaw sollen ihn gehabt haben ...

Es war erst elf Uhr abends, die Luft immer noch warm, parfümiert mit schweren Blütendüften. Es hätte die schönste Zeit im Jahr sein können, der Sommer, ein Fest. Es hätten ein paar Wochen von Freiheit und Sorglosigkeit sein können. Und ich lag im Bett mit Todesangst.

Kapitel IX

Als ich am nächsten Morgen mit Kopfschmerzen und einer ganzen Kanne Kaffee am Schreibtisch saß, gab es wieder Türenschlagen und lautes Getrappel im Treppenhaus. Dann hörte ich Stimmen. Durch den Spion sah ich die Rauhaar die Treppen hinaufhuschen. Ich machte meine Tür auf. Die Rauhaar sagte nichts, zeigte nur nach oben. Ich trat aus meiner Wohnung und sah zwei Polizisten vor der Tür der Wistlers stehen.
Die Rauhaar wollte nicht gesehen werden und von meinem Stock aus beobachten, was geschah.
Mir stockte der Atem. Sie nahmen die Wistler fest. Die Wistler protestierte laut. Die Beamten hielten sie an den Armen und führten sie in den Aufzug. Wir wären ihnen am liebsten nach draußen gefolgt. Ich hatte sogar die Belehrung gehört, dass alles, was sie sagte, gegen sie verwendet werden könnte.

Die Rauhaar schien verwirrt oder enttäuscht. „Und was ist mit ihm? Die Wistler kann doch unmöglich allein die Morde begangen haben?“
Hatten sie tatsächlich die Mörderin gefasst? War es möglich, dass eine Frau alle umgebracht hatte? Ich konnte es schwer fassen. Aber warum nicht?
Nun kam auch Marina Dunst aus ihrer Wohnung. Auch sie hatte alles mitbekommen. Sie hatte offensichtlich nicht gut geschlafen. Ihr Gesicht war aufgedunsen und ihre Augen waren dunkel umschattet. Als Erstes klagte sie, dass sie hier drinnen noch verrückt würde, das Haus wäre der reinste Psychoterror. Dann meinte sie, wir sollten unbedingt die Polizei anrufen, um sicherzugehen, dass die Wistler auch wirklich die Mörderin war. „Ich bin erst ruhig, wenn ich es sicher weiß“, sagte sie.
Wir mussten ihr zustimmen. Die Dunst bat uns sogar in ihre Wohnung, um diese Aufgabe gleich selbst zu übernehmen.
Die Enttäuschung war groß, als sie uns im Präsidium mitteilten, dass sie nichts sagen dürften, da die Untersuchungen noch nicht abgeschlossen seien.
Die Dunst lud uns ein, noch zu bleiben, und machte Kaffee. Ich war noch nie von ihr zu irgendetwas eingeladen worden, auch nicht, als wir noch Freundinnen waren, und deshalb einigermaßen überrascht und ziemlich gehemmt. Die Rauhaar schien sich gleich vom ersten Moment an damit wohlzufühlen.
„Solange wir noch hier im Haus festsitzen, müssen wir zusammenhalten“, meinte die Dunst. „Jeder passt auf jeden auf …“

Sie hatte recht. Sie war anscheinend gar nicht so unvernünftig, wie ich immer geglaubt hatte, und so schlossen wir eine Art Pakt. Sie gab sogar jeder von uns eins ihrer besonders scharfen japanischen Messer mit.
Als ich wieder zu mir wollte, kam Zimmermann die Treppe herunter. Er lief leichtfüßig, als hätte er keine Schmerzen mehr, hielt sich aber am Geländer derart krampfhaft fest, dass seine Handknöchel weiß herausstachen. „Leider bin ich drei, vier Tage nicht da“, sprach er mich an. „Ich habe fast ein schlechtes Gewissen, Sie alle hier im Haus alleine zu lassen.“
Zimmermann hatte von der Verhaftung der Wistler anscheinend noch nichts erfahren. Ich brachte ihn auf den neuesten Stand. Er strahlte. „Ja, dann brauch ich mir ja keine Sorgen mehr zu machen ... ja, meinen Sie, dass sie es wirklich ist?“
Wir diskutierten das Für und Wider. Mehr sprach für *das Für*, da wir es einfach so wollten. Insbesondere die Verhaftung erschien uns ein starkes Indiz zu sein.
„Ach übrigens, Herr Reynolds hat gestern seinen Pullover bei mir vergessen“, sagte Zimmermann noch. „Ich hab bei ihm geklingelt, er war aber schon nicht mehr da. Ich leg ihn in sein Brieffach. Wenn Sie ihm das sagen könnten? Oder vielleicht gebe ich den Pullover besser gleich Ihnen, nicht dass er gestohlen wird, manchmal kommen ja auch Leute von der Straße hier rein.“
Ich nahm den Pullover entgegen. Es war ein dünner Sommerpullover aus einem Gemisch von Seide und Wolle in einem hellen Türkis. Ein teures Stück.
Zimmermann sprang die letzte Treppe quasi hinunter. Er war eindeutig erleichtert und würde die Fußballreise mit

seinem Sohn in vollen Zügen genießen können. Ich war leider noch nicht so weit. Die Auskunft des Polizeipräsidiums weckte in mir erneut Zweifel. Wir waren nicht sicher, bevor die Wistler als Täterin auch wirklich feststand. Und so beschäftigte mich bei meiner Arbeit weiter eine untergründige Angst. Ich versuchte, mich zu konzentrieren, und dann lenkte mich diese Angst immer wieder ab. Meine Gedanken schweiften zu den Ereignissen im Haus, zu dessen Einwohnern, zu den noch Übriggebliebenen. Ausgerechnet jetzt, wo ich mich an das schwierigste Kapitel machen musste, in dem es um Erklärungsmodelle für ein Gedächtnis von Orten und Gegenständen ging. Ich wollte herausfinden, wo sich dieses Gedächtnis befinden konnte, und dabei nicht nur in die Naturwissenschaften gucken. Irgendwo in der Luft? Im Äther der klassischen Physik? Im elektromagnetischen Feld? In Materiewellen? In Gravitationswellen? Im sogenannten Quantenvakuum? In einem Paralleluniversum der Physik? Im Äther der Okkultisten? Im indischen Akasha? Im Ideenhimmel Platons? Im kosmischen Bewusstsein der Vorsokratiker? In der Weltseele eines Plotin oder Marsilio Ficino? In einem riesigen kosmischen Gehirn oder Bewusstsein …? Es war hoffnungslos, ich würde die Arbeit daran aufschieben müssen, bis sich alles geklärt hätte.

Um überhaupt meine Lust zu erhalten, an meinem Manuskript weiterzumachen, vergegenwärtigte ich mir immer wieder solche Wissenschaftler, die an ein Gedächtnis von Orten und Dingen glaubten, wie der Einsteinschüler und führende Quantentheoretiker David Bohm. Nach seiner holographischen Theorie existieren in unserer Wirklichkeit zwei Dimensionen, die sich grundlegend voneinander unterscheiden; die eine ist die *explizite Ordnung*, die Welt, die wir in der normalen alltäglichen Wahrnehmung erfahren, in der alles in einem *entfalteten*, objekthaften Zustand vorhanden ist. Die zweite Dimension ist die *implizite Ordnung*. Die implizite Ordnung befindet sich außerhalb von Raum und Zeit, in ihr gibt es keine Objekte, alles ist in allem enthalten, es existiert dort in *eingefaltetem* Zustand. Sie ist eine Matrix für alles, enthält alles in potenzieller, virtueller und informativer Form – quasi den platonischen Urbildern entsprechend. Alle Zustände von Quanten sind dauerhaft in der impliziten Ordnung verschlüsselt, und sie steuert das Verhalten aller Teilchen. Diese Dimension ist bei Bohm *holographisch*. Jeder Punkt des Raums enthält im Hologramm die gesamte Information des Ganzen. Die Objekte der expliziten Ordnung sind durchdrungen von der fundamentaleren impliziten Ordnung, sie sind eine holographische Projektion der impliziten Ordnung. Die implizite Ordnung ist nicht beobachtbar. Nicht nur Materie, auch Bewusstsein, Geist: Fühlen, Denken, Vorstellen wurzeln bei Bohm in der impliziten Ordnung, sind dort eingefaltet und entfalten sich in der expliziten. Wobei in der impliziten Ordnung Geist und Materie letztlich nicht unterscheidbar sind – dort ist alles eins. Materie und Geist zu trennen, wie dies Descartes tat, wäre damit überholt. Dass Bewusstseinsprozesse auch zur impliziten Ordnung gehören, zeigt nach Bohm, wie sie Raum und Zeit transzendieren: Bohm bringt hier als Beispiel das Hören von Musik! Der Hörprozess besteht nicht darin, erklärt Bohm, dass Töne nacheinander gehört und erinnert werden, sondern der letzte Ton klingt in die Gegenwart nach, und der von der Gegenwart aus gesehene nächste wird noch mit dem

Nachklingen des letzten gehört, die Vergangenheit klingt in die Gegenwart und Zukunft, es ist, als seien Vergangenheit, Gegenwart und Zukunft hier im Hörprozess verbunden. Bohm sagt dementsprechend: „In listening to music one is therefore directly perceiving an implicate order." Bohm macht nun auch ganz direkte Aussagen zum Gedächtnis von Gegenständen! Die explizite Ordnung besitzt bei Bohm ein Gedächtnis, und zwar in dem Sinne, dass vorige Momente *eine Spur* hinterlassen. Vorige Momente sind *eingefaltet* in die implizite Ordnung und setzen sich in nachkommenden Momenten fort. *Aus dieser Spur* können wir wiederum Bilder vergangener Momente *entfalten.* Alle Gegenstände und so auch Orte der expliziten Ordnung haben bei Bohm ein Gedächtnis, das in der impliziten Ordnung gespeichert, eingefaltet ist und daraus wieder entfaltet werden kann. Und so war es, wie Bohm betont, vielleicht einer der grundlegendsten Fehler der Menschheit, zu sagen, dass ein Gedanke fort ist, wenn wir ihn gedacht haben. Nach Bohm ist er nicht fort, er hat sich lediglich zurückgefaltet. Er ist noch da. Und vielleicht entfaltet er sich erneut!
Leute wie Bohm können mich begeistern und meinen Drang, weiter zu forschen, wachhalten. Ich würde mein schwierigstes Kapitel sofort wiederaufnehmen, wenn alles hier im Haus vorbei wäre. Sofern ich dann noch lebte, musste ich plötzlich denken, und ein Nervenschauer raubte mir vollends die Fähigkeit, einen klaren Kopf zu behalten.

Rundweg verunsichert wurde ich, als ich kurze Zeit später auf Herrn Wistler traf. Ich hatte beschlossen, Lebensmittel

fürs Mittagessen einzukaufen, da sah ich, wie er zwei große, abgewetzte Koffer vor seine Tür stellte. Er bemerkte mich sofort. Ich dachte blitzartig, er macht sich aus dem Staub.
Dass ich ihn argwöhnisch beobachtete, schien ihn nicht zu stören. Er rief zu mir herunter: „Ich habe keine Bleibe mehr. Ich habe alles verloren."
Ich verstand nicht, was er meinte. Und dann kam er herunter und dankte mir, dass ich ihn immer so nett gegrüßt hätte, nicht abschätzig wie die anderen. Er bot mir die Hand und hörte nicht auf, sie zu schütteln. Schließlich zog er einen Werbekugelschreiber aus seiner Anzugstasche, immerhin einen Waterman, und überreichte ihn mir als Geschenk. „Mehr habe ich nicht."
Und nun erfuhr ich die ganze Geschichte. Er hatte das dringende Bedürfnis, sich jemandem anzuvertrauen.
Wistler war schon ewig nicht mehr berufstätig, oder überhaupt noch nie, und hing finanziell von Frau Wistler ab. Aus der Untersuchungshaft hatte sie ihm den Laufpass gegeben. Sie würde nicht mehr für ihn sorgen können, und so musste er zurück in sein Land, nach Kanada. Dort wollte er Sozialhilfe beantragen. Frau Wistler hatte nur bis Ende des Monats die Miete gezahlt und Wistler wollte nicht noch die paar Tage untätig in einem, wie er sagte, *Totenhaus* herumsitzen. Er ginge mit seinen zwei Koffern zum Flughafen und würde versuchen, von seinem Restgeld ein Stand-by-Ticket nach Toronto zu bekommen. Dort wollte er notfalls auf dem Flughafen oder Bahnhof übernachten und sich dann bei der Sozialbehörde seiner ehemaligen Heimatstadt melden. Fürs Erste sollten sie ihn in

einem Obdachlosenheim unterbringen, das war ihm jetzt auch egal, immer noch besser, als hierzubleiben.
„Und warum hat Ihre Frau … getötet?“, kam ich endlich zu Wort. Ich biss gleich die Zähne zusammen: Wie hatte ich das so krude herauslassen können? Musste ich nicht Wistler eine Chance geben, selbst davon anzufangen? Und: War es riskant, ihn das zu fragen? Vielleicht war er ja insgeheim ein Mitwisser, ja, er musste es gewusst haben, er konnte nicht ganz unschuldig sein. Wenn man so eng unter einem Dach lebt, da bekommt man doch mit, was der andere tut und sogar, was der andere denkt. Oder nicht? All das ging mir in Sekundenschnelle durch den Kopf. Ich starrte Wistler an wie ein Beutetier ein Raubtier.
Wistler wirkte komplett verwirrt. „Getötet? Aber wieso getötet? … Aber nein. Die Polizei hat herausgefunden, dass das Kilo Kokain in Jean Colombs Wohnung meiner Frau gehört. Jean hat es für sie versteckt. In einem Rucksack. Und in den Rucksack war ausgerechnet der Name meiner Frau eingestickt … Diesmal haben sie meine Frau erwischt.“ Sein Gesicht legte sich in tiefe Falten. „Ich wusste es schon immer; eines Tages kriegen sie meine Frau zu fassen. Und dann ist es aus für uns beide. Ich habe immer zu ihr gesagt, such dir eine legale Arbeit. Sie hat mich nur verhöhnt, sie könne mit einem legalen Verdienst doch keinen Mann aushalten. Ich würde zu viel kosten. Dabei habe ich bei jedem Essenseinkauf gespart. Außerdem habe ich den gesamten Haushalt geführt, gekocht, geputzt, gewaschen, gebügelt … Alles umsonst. Und das ist jetzt der Lohn …“

Meine Knie wurden weich. Nichts hatte sich gelöst. Es fing wieder alles von vorne an. „Und *Sie* hat man nicht verhaftet?", wagte ich noch zu fragen.
Ein Beleidigtsein überzog Wistlers Gesicht. „Ich wollte mit der Dealerei nie etwas zu tun haben. Das hat meine Frau auch der Polizei gesagt. Wenigstens das hat sie für mich getan. Ich meine, es ist die Wahrheit …"
Wistler tat mir jetzt leid; ich wünschte ihm viel Glück. Es ist nicht schön, wenn man über sechzig und ohne jegliche Perspektive ist. Wenn er in seine frühere Stadt zurückkehrte, würde er auch die Kommentare und Blicke all derjenigen ertragen müssen, die ihn von früher kannten. Denen würde er aber wahrscheinlich erzählen, er sei in Europa ein sehr erfolgreicher Geschäftsmann gewesen und dann ohne sein Verschulden bankrottgegangen. Er würde es verstehen, seiner Armut einen Nimbus zu verleihen, sein Sozialhilfeempfängertum zu adeln, und so jedem ins Gesicht sehen können, wobei sein Charme und seine Bildung ihm dabei Rückenwind geben würden.
Ich sah ihm nach, wie er die zwei schweren Koffer durch die Haustür zog und wie er sich mit ihnen entfernte, gebückt und leicht schwankend, das schüttere Haar zerzaust.
Ich ging sofort zur Rauhaar, um ihr die Neuigkeiten zu erzählen. Sie brach nicht wie ich zusammen, sie wirkte geradezu erleichtert. Anscheinend hatte sie sich nicht so sehr wie ich das Ende der Gefahr erhofft, vielmehr musste es sie bedrückt haben, dass nun bald alles vorbei sein sollte und sie keine Funktion mehr hatte, dass ihr Leben wieder zum öden Alltag zurückkehrte, dem Alltag einer pensionierten Schneiderin, die ihre Abende vor dem Fernseher verbrauchte. Sie lief wieder zur Vollform auf, bekam einen

roten Kopf vor Erregung. „Ich ruf die Polizei an. Wistler flieht!"
Die Polizei war bereits auf dem Laufenden. Wistler hatte ihr gegenüber seine Absicht bekundet, wieder in sein Land zurückzukehren, und die Adresse der Sozialbehörde seiner Stadt und auch seiner Exfamilie angegeben. – Er hatte also eine Exfamilie. Auch das hatte ich nicht gewusst. – Gegen ihn läge nichts vor.
Die Rauhaar griff sich an den Kopf. Sie wusste ja schon, dass die Polizei in unserer Stadt unfähig war. Das war wieder eine Bestätigung dafür. Und es bedeutete, sie musste den Fall alleine lösen. Was hieße, die restlichen Einwohner auf Herz und Nieren zu überprüfen, um auszuschließen, dass sie etwas mit den Todes- und Verschwindensfällen zu tun hatten. Wenn sie dann noch beweisen konnte, dass es nur Wistler gewesen sein konnte, dann würde die Polizei noch dümmer als dumm dastehen. Wistler wäre über alle Berge, in Kanada oder irgendwo in den USA. Dort konnte er spielend leicht untertauchen. Sie würden ihn nicht finden, es sei denn, er wäre so idiotisch und beantragte tatsächlich in seiner Heimat Sozialhilfe.

Am Abend versuchte ich mehrmals Matt seinen Pullover zurückzugeben. Er war nicht da. Im Treppenhaus war es still und stickig. Fast niemand war mehr im Haus. Dass eine der Treppenhausleuchten zu flackern begann, verstörte mich zutiefst. Und als sei das noch nicht der Gipfel des Unheimlichen, knarrte es auf einmal hinter mir.
Ich wirbelte herum. Die Tür der Besenkammer öffnete sich ganz langsam, erst einen Spalt, dann immer mehr, wie in einer Zeitlupe des Horrors.

Schlagartig wusste ich es. Ich wusste alles. Von dort kam das Böse! In der Kammer lauerte der Mörder seinen Opfern auf. Ich dachte noch verschwommen, jetzt bin ich dran, dann wurde alles schwarz, und ich spürte einen dumpfen Schlag. Etwas Hartes prallte gegen meinen Körper.

Als ich wieder erwachte, blickte ich in ein Gesicht, das mir bekannt vorkam. Es brauchte eine Zeit lang, bis ich wusste, wer ich war und zu wem dieses Gesicht gehörte.

Ich erkannte die Rauhaar. „Du bist umgekippt", erklärte sie.

Sie war in der Besenkammer gewesen. Natürlich. In der Angst hatte ich nicht mehr daran gedacht, dass die Kammer ihr bevorzugter Beobachtungsposten war.

Mich wunderte, dass mir nichts wehtat. Wahrscheinlich war ich nicht hintenübergefallen, sondern mehr zusammengesunken. Oder dass mir nichts wehtat, war ein ganz schlechtes Zeichen. Vielleicht war ich so schwer verletzt, dass ich gar nichts mehr merkte.

Ich konnte mich ohne Weiteres aufrichten. Mir wurde auch nicht schwindelig. Nach und nach wurde klar, ich hatte mir nichts getan. Dass ich vor Schreck in Ohnmacht fallen konnte, kam mir jetzt reichlich komisch vor; so etwas gab es doch nur noch in vergangenen Jahrhunderten, oder nicht?

Erst als ich wieder auf meinen Füßen stand, nahm ich auch die Feldner-Schwestern wahr. Die Rauhaar hatte sie zu Hilfe gerufen. Sie boten mir ein Glas Wasser an. Ich trank es in einem Zug und atmete dann gierig ein und aus. Langsam fühlte ich mich wieder einigermaßen normal. Auf dem

Boden lag noch Matts Pullover. Eine der Schwestern bückte sich und hob ihn auf.

Matt war auch in den nächsten Tagen nicht da. Zumindest traf ich ihn nicht an. Er schien verschwunden, aber niemand fragte nach ihm. Die Rauhaar war fest davon überzeugt, dass auch Matt einem üblen Verbrechen zum Opfer gefallen war. Marina hielt das ebenfalls für möglich. Auch wenn sich gerade bei Matt niemand denken konnte, weshalb nun auch er ein Opfer geworden sein sollte. Matt war zu allen freundlich. Niemand im Haus hatte irgendetwas gegen ihn. Er hatte auch den großen Vorteil, dass er schön war. Schönen Menschen nimmt man weniger übel. Er wurde höchstens ein bisschen beneidet.
Marina guckte uns scharf an: „Ich packe jetzt sofort meine Koffer. Ich bleib keine Stunde länger in diesem Horrorhaus."

Die Rauhaar meldete der Polizei, auch Matt Reynolds sei verschwunden. Sie hielt es für ihre Pflicht. Dass niemand ihn als vermisst gemeldet hatte, lag nach Rauhaars Ansicht daran, dass Reynolds Amerikaner war. Ein junger Amerikaner, der in Europa arbeitete, ruft sicher nicht jeden Tag zu Hause an. Ein paar Tage Abwesenheit fielen da nicht auf.
Endlich nahm die Polizei den Fall so ernst, dass sie einen Beamten abstellten, der im Haus übernachten sollte. Die Wohnungen der Opfer und Verschwundenen waren immer noch nicht freigegeben. Und so fragten sie, bei wem von uns ein Polizist übernachten konnte. Marina entschloss sich unter diesen Umständen, noch zu bleiben.

Und was normalerweise für jede einen Umstand bedeutet hätte, war nun allen willkommen, und jede bot ihre Wohnung an. In dem Moment wurde mir klar, dass nur noch Frauen im Haus waren, bis Zimmermann wieder zurück wäre.
Aber auch Zimmermann kam nicht zurück.

Der Polizist schlief bei Marina im Wohnzimmer auf einem Klappsofa. Bei den Feldner-Schwestern wäre zu wenig Platz gewesen. Die Rauhaar und ich waren auch sofort bereit gewesen, ihn aufzunehmen. Die Angst, mit einem fremden Mann Küche und Bad teilen zu müssen, erschien mir klein im Vergleich zu der Angst, das nächste Opfer zu sein. Irgendwie hatte es aber Marina geschafft, den Mann in ihre Wohnung zu lotsen.
Tom Grosicz, so hieß er, war ein drahtiger, blonder Mitvierziger, und was uns begeisterte, er war bewaffnet.
Seit Tom Grosicz eingezogen war, fühlte sich die Stimmung im Haus anders an. Die dunkle Schwere war zwar nicht weg, sie war aber spürbar leichter geworden. Ich fühlte mich beschützt. Auch wenn man immer noch nicht ganz ausschließen konnte, dass noch etwas passieren würde.
Tom Grosicz war nicht einmal in Zivil als eine Art Undercover-Mann bei uns eingezogen, er trug offen Uniform. Das konnte nur bedeuten, dass die noch im Haus Anwesenden für die Polizei nicht als verdächtig galten. Sie hatten uns inzwischen sicher alle genauestens durchleuchtet. Und somit konnte es nur ein Täter von außen sein. Den aber irgendetwas mit dem Haus verband.

Die Rauhaar genoss sichtlich Toms Anwesenheit. Sie machte nun jeden Tag für alle das Abendessen und informierte Tom über ihre laufenden Beobachtungen. Jede von uns brachte Essen mit, sodass die Rauhaar nicht alles alleine zubereiten musste. Die Abende wurden fast familiär. Selbst Marina hielt sich auffallend zurück. Sie fuhr niemandem über den Mund. Sie ließ auch die anderen reden. Sie machte keine abfälligen Bemerkungen mehr, insbesondere nicht über die Toten und Verschwundenen. Über die sprachen wir viel, erzählten uns alles, was wir über sie wussten. Und Tom machte sich Notizen, was dann doch irgendwie befremdlich wirkte.
Was verband bloß diejenigen, die nicht mehr da waren, außer dass sie im selben Haus gewohnt hatten? Noch immer konnte sich niemand einen Reim darauf machen.

Im Bett grübelte ich erneut über unser Haus nach. Da gab es eine These, über die ich diesbezüglich noch nicht genauer nachgedacht hatte. Es gibt Orte *mit physikalischen Besonderheiten*, an denen gehäuft paranormale Erscheinungen auftreten. Das heißt, hier braucht man nicht einmal besonders sensitiv zu sein, um etwas wie das Gedächtnis des Ortes deutlich zu spüren. Ist unser Haus ein solcher Ort, an dem Unheil aus einer früheren Zeit gespeichert ist und aufgrund physikalischer Besonderheiten verstärkt wahrgenommen wird, ein Ort, der so weiteres Unheil anzieht oder Leute dazu anregt, Unheil zu begehen? Unter den vielen Versuchsreihen, die darauf hinwiesen, dass bei besonderen physikalischen Bedingungen am Ort sich vermehrt Paranormales abspielt und erfahrbar wird, ist Richard Wisemans Hampton-Court-Untersuchung besonders bekannt. Der Psychologe Wiseman konnte beliebige Touristen dazu überreden, die berühmten Spukerscheinungen in Hampton Court, einer Residenz der englischen Königsfamilie, zu sondieren. *Weit mehr als die Hälfte* der bunt zusammengewürfelten Probanden machte relevante Erfahrungen beim Durchqueren des Schlosses. Die Touristen nahmen brüske Temperaturwechsel wahr, spürten kalte Luftzüge in Räumlichkeiten, in denen es nicht zog. Einige hatten Schwindel, berichteten über Gerüche oder hörten Töne, deren Ursache nicht geklärt werden konnte. Wiseman stellte im Schloss *Unregelmäßigkeiten im magnetischen Feld* fest. Seit den Neunzigern macht man vermehrt Versuche, Personen einem künstlich veränderten magnetischen Feld auszusetzen: Man stört mittels Gehirnelektroden ihre normale Erfahrung des magnetischen Felds. Einige, eher mehr als weniger, haben dann abnormale Empfindungen, spüren die Gegenwart von etwas oder jemandem, ohne dass jemand oder etwas im Raum ist, und haben auch sonstige für Spuk typische Empfindungen. Die Versuche des Physikers Tiller und des Psychologen Persinger sind hier bekannt. Es kommt, wie es scheint, nicht nur aufs elektromagnetische Feld an, auch aufs Gravitationsfeld: An verschiedenen Orten kann, wie zum Beispiel der russische Astrophysiker Nikolai Kozyrew meint, die Gravitation anders sein und die Zeit anders fließen, auch das fördere paranormale Erlebnisse. Das bedeutet, dass es eine neurologische Sensibilität für geomagnetische und elektromagnetische Felder gibt und auch für Gravitation und dass Anomalien in diesen Feldern bei vielen Personen paranormale Erlebnisse begünstigen. Unter bestimmten physikalischen Bedingungen werden so quasi Tore zu einer anderen Welt geöffnet, werden Paralleluniversen spürbar. In unserem Haus wäre also vielleicht die Gravitation oder das elektromagnetische Feld anders, und so spürten manche hier eventuell sogar eine Art Tötungsbefehl, der wie ein Fluch auf den Mauern lastete, am Ort gespeichert wäre, dem sich derjenige, der ihn sehr deutlich spürte, schwer entziehen konnte. Woher stammte aber dieser Fluch? Was hatte an der Stelle dieses Hauses früher gestanden? Wie konnte man das in Erfahrung bringen? Als ich wegdämmerte, hörte ich mich selbst noch „alles Quatsch, das führt auch nicht zum Täter“ murmeln.

Kapitel X

Es war unerträglich heiß geworden. Der August brütete über der Stadt. Quellwolken zogen auf. Es herrschte dumpfe Schwüle. Von Zeit zu Zeit erhellte Wetterleuchten den dunklen Himmel. Die Rauhaar hatte sämtliche Fenster geöffnet und einen Ventilator aufgestellt. Es gab eisgekühlten Gazpacho und eine Käseplatte zum Abendessen.

Tom durfte uns an und für sich nichts über die polizeilichen Ermittlungen erzählen, tat es aber trotzdem: Die Polizei hatte Zimmermanns Exfamilie aufgesucht. Frau Zimmermann war zunächst sehr abweisend und ungehalten gewesen. Dann erklärte sie im Ton des Vorwurfs, ihr Mann hätte seinem Sohn seit Monaten ein Fußballspiel in Turin versprochen und ihn dann einfach versetzt. Es sollte ein Geburtstagsgeschenk sein. Ob sie ihren Mann nicht angerufen hätte? Natürlich hätte sie ihm hinterhertelefoniert. Die Familie hatte schließlich wissen wollen, was für eine Entschuldigung er diesmal wieder parat hatte. Es sei

nicht das erste Mal gewesen, dass ihr Mann seine Familie versetzt hätte. Als Frau Zimmermann ihren Mann am Abend immer noch nicht erreicht hatte, gab sie es auf. Sollte er doch bleiben, wo er wollte. Am nächsten Tag hatte er sich dann gemeldet. Ein dringender geschäftlicher Termin sei dazwischengekommen. Er sei in Boston. Er würde ihr alles erklären, wenn er wieder zu Hause sei. Er hatte ganz schnell einen Vertrag unterschreiben müssen. Er hatte dort ein Baugeschäft gekauft. In den USA zu expandieren, war schon immer sein Traum. Und wie üblich hatte er sie vertröstet, das Geschäft käme letztlich auch ihr und den Jungs zugute. Aber was sei von einem Vater zu halten, der seinen Sohn an dessen Geburtstag einfach im Stich lässt?
Zimmermann war also noch am Leben.
Worüber sich Tom gewundert hatte: Frau Zimmermann hatte sich auch beklagt, dass ihr Mann zwar zahlte, aber nie die Jungs sehen wollte, außer zu ihren Geburtstagen, und da nahm er sie meistens auf eine Reise mit, die er selbst gerne machen wollte. Dem Größeren war sein Vater inzwischen so fremd, dass er gar nicht mehr mit ihm verreisen wollte.
Die Rauhaar kriegte einen Löffel kalte Tomatensuppe in den falschen Hals und hustete wie verrückt. Als sie sich wieder beruhigt hatte, sagte sie heiser: „Uns hat Zimmermann erzählt, er sei jedes Wochenende bei seinen Jungs." Sie wirkte fast begriffsstutzig und zögerte, bevor sie weitersprach. Sie musste einen Moment lang überlegen. Dann sagte sie laut und fest: „Das hätt ich nicht gedacht. Dass Zimmermann lügt!"

Rauhaars Aussage wurde durch leises Donnergrollen untermalt.
Die Feldners wirkten quasi untröstlich. „Zimmermann ist immer so nett. Er hat immer einen Witz auf den Lippen. Spendiert immer was."
Die Rauhaar war sichtlich erneut in Gedanken versunken, dann aufgebracht: „Wenn er da gelogen hat, dann lügt er auch sonst!" Sie kniff ihren Mund zusammen, als wolle sie aus ihm eine Kugel abfeuern. „Wir haben den Mann bislang viel zu wenig verdächtigt." Und dann äffte sie die Feldner-Schwestern nach. „Er ist ja so nett und so spendabel …"
Marina wirkte auffällig gelassen. „Okay, der Mann hat über sein Privatleben nicht die Wahrheit erzählt. Ist er aber deshalb gleich ein Mörder? Viele Männer lügen über ihr Privates. Der Mann wollte halt im Haus gut dastehen. Seine Frau ist sicher nicht gerade das Gelbe vom Ei. Ich kann mir vorstellen, das ist eine, die immer nur herumnörgelt. Zimmermann wollte seine Ruhe haben. Er wollte endlich an einem Ort leben, an dem er nicht jeden Tag heruntergemacht wird. Ja, sogar gelobt wird und bewundert."
Die Feldner-Schwestern nickten. Die Rauhaar zog eine Schnute. Tom schien woanders in Gedanken, beobachtete, wie eine Fliege an der Decke herumkrabbelte. Ich war hin- und hergerissen. War uns Zimmermann einfach durch die Maschen geschlüpft? War nicht Zimmermann auch derjenige, der Matt zuletzt gesehen hatte? … Moment mal, bremste ich mich: Zimmermann wirkte behäbig, war immer gut gelaunt, nichts brachte ihn aus der Ruhe. Das einzige Mal, wo ich ihn in Aufruhr gesehen hatte, war nach seinem Unfall gewesen, bei dem die Bremsen versagt hat-

ten. Und das war der Punkt gewesen, an dem er für mich zum Täter nicht mehr getaugt hatte. Zimmermann gehörte für mich auf die Seite der Opfer, ob er nun ein Lügner war oder nicht. Die Polizei untersuchte doch bereits den Fall … Um mich zu vergewissern, fragte ich Tom: „Was ist eigentlich dabei herausgekommen, als Sie Zimmermanns Wagen untersucht haben?"
„Die Bremsleitungen waren durchgeschnitten."
„Was?", rief die Rauhaar entrüstet. „Wieso haben Sie uns das nicht erzählt?"
Tom zuckte zusammen. Er war von der Rauhaar noch nie so angegangen worden.
«Das war Sachbeschädigung." Er lächelte verlegen. „Ich weiß, es könnte einen Zusammenhang geben mit den Morden, und jemand kann es auch auf Zimmermann abgesehen haben. Zimmermann ist aber nach Aussage seiner Frau noch quicklebendig."
Die Rauhaar schüttelte nur den Kopf. Ich wusste, was sie dachte. Sie sagte nichts mehr zu dem Thema, sicher, weil sie Tom schätzte und ihm nicht zu nahe treten wollte.

Wir redeten bis spät in die Nacht. Das Gewitter kam näher. Es blitzte in immer kürzeren Abständen. Ein trockener Donner grollte. Die Rauhaar servierte uns unbeirrt mehrere leckere Eiscremes mit heißer Schokolade-, Himbeer- und Eierlikörsoße, sodass wir noch länger blieben. Sie war ganz in ihrem Element. Ihr Blick war scharf, und in ihrem Hirn schien es zu arbeiten.
Gegen zehn gingen auf einmal die Lichter aus. Eine der Feldners schrie. Im Wohnzimmer der Rauhaar war es fast stockdunkel. Ich konnte dennoch wahrnehmen, wie Tom

Grosicz als massiver schwarzer Schattenumriss aufsprang. Es krachte. Tom fluchte. Er musste gegen ein Möbelstück gestoßen sein. Endlich erhellte ein Lichtkegel das Zimmer: In der einen Hand hielt Tom seine Waffe, in der anderen eine Taschenlampe.

Tom wollte das Treppenhaus kontrollieren. Wir sollten sicherheitshalber alle in der Wohnung bleiben und uns einschließen. Wenn er in fünfzehn Minuten nicht zurück sei, sollten wir den Notruf wählen.

Die Rauhaar hatte weder Streichhölzer noch Kerzen. Wir waren verdammt, im Dunkeln zu warten. Als sich meine Augen an die Schwärze gewöhnt hatten, konnte ich sogar erkennen, dass die Augen der Rauhaar groß wie Untertassen waren, große schwarze Löcher in einer dunkelgrauen Fläche, die ihr Gesicht sein musste. Sie hatte das Telefon in der Hand, das konnte ich auch erkennen, weil es Leuchttasten hatte. Die Feldners weinten mit Schluckauf. Sie konnten ihre Angst nicht mehr unterdrücken. Marina saß stumm da, eine dunkle, unbewegliche Masse. Mir ging durch den Kopf: Jetzt erledigt er uns alle zusammen. Wir sind alle in einem Raum. Er ist im Haus. Er braucht nur hereinzukommen und … jede Hilfe käme zu spät. Zuerst läuft Tom in seinen Hinterhalt, dann kommt er zu uns. Und wir sehen zum ersten Mal sein Gesicht, das Gesicht des Mörders … Mein Herz blieb stehen. Ich wollte schreien, riss den Mund auf, aber es kam kein Schrei heraus. Nur ein tiefes Grunzen.

Endloses Warten. Die Rauhaar hatte es fertiggebracht, sich zu bewegen, und ein Feuerzeug aufgetrieben, das sie auf mittlerer Flamme brennen ließ.

Warum war es nur so abnorm finster? War das quasi eine metaphysische Finsternis, die eintrat, bevor sich das Unheil ereignete? Ich musste dringend meine Gedanken abstellen. Meine Zähne klapperten bereits alleine vor sich hin, ich war machtlos dagegen.
Marina kontrollierte im Licht der schwachen Flamme die Uhr. Sie war anscheinend rationaler, konnte noch etwas Vernünftiges tun.
Im Nachhinein frage ich mich, warum hat sich niemand von uns in die Küche getastet und mit einem Messer bewaffnet? Wahrscheinlich kann man nicht mehr gross handeln, wenn man gelähmt ist vor Angst ...
Wenig später hörten wir, wie sich ein Schlüssel in der Wohnungstür drehte. Marinas Stuhl quietschte. Sie war aufgesprungen und hielt sich den schattenhaften Mund zu, um nicht laut zu schreien. Ich hatte Gummibeine, musste wie schlaffes Gemüse hocken bleiben. Die Rauhaar hielt den Telefonhörer so fest, dass er gleich zerbersten musste, auch das nahm ich mehr oder weniger im Dunkel undeutlich wahr.
Die Wohnungstür ging auf. Ein scharfer Lichtstrahl durchschnitt das Dunkel wie eine Rasierklinge. Geblendet konnte man nichts mehr erkennen.
Er kam herein. Er … er hatte Tom Grosicz erledigt … Tom war tot … Und jetzt waren wir an der Reihe. Eine nach der anderen …
Nein. Bitte nicht. Nein ... Nein? Da kam Tom herein!
„Nur ein banaler Stromausfall“, sagte er trocken. „Kein Eindringling im Haus.“ Seine Stimme klang nicht ganz fest.

Marina und ich hatten uns ziemlich schnell beruhigt. Die Rauhaar hatte immer noch diese Untertassenaugen. Dann sprudelte es aus ihr heraus: „Woher haben Sie einen Schlüssel zu meiner Wohnung?“
Es traf mich wie ein Schlag. Verdammt, woher hatte er den Schlüssel? War Tom das Monster? Ein ermittelnder Polizist? Da passierte ein Mord in einem Haus, und er benutzt die Gelegenheit, gleich ein paar weitere Morde zu begehen ... Wie in diesem Film … Der Name fiel mir jetzt nicht ein … Tom würde niemand verdächtigen … Meine Gedanken verwirrten sich. In meinem Kopf breitete sich Eisnebel aus. Es prickelte hinter der Stirn. Gleich wäre ich weg.
„Ich habe einen Generalschlüssel. Ich muss doch überall reinkönnen“, antwortete er ohne Vorwurf.
Marina, die Feldners und die Rauhaar hingen am Tisch wie schlapper Salat. Als Tom den Lichtkegel seiner Taschenlampe anderswohin richtete, wirkten sie im Halbdunkel wie graue Haufen. Ich konnte mich im Licht der Taschenlampe gerade noch auf die Toilette retten. Noch nie hatte ich einen solchen Drang verspürt. Erst die Angst. Todesangst! Dann die Entwarnung. Bevor ich wieder zu den anderen rausging, wusch ich mein Gesicht im Dunkeln. Es hatte sich ganz nass angefühlt vom Angstschweiß.
Als ich wieder ins Wohnzimmer zurückkehrte, berichtete Tom: „Das ganze Viertel ist ohne Strom. Es betrifft nicht nur dieses Haus. Die Kollegen haben den Stromversorger kontaktiert. Es gab einen Blitzeinschlag in eine Mittelspannungsleitung.“
Wir gingen zum Fenster, um nachzusehen. Regen hatte eingesetzt. Ein ganz feiner, dichter Regen. Es regnete sozusagen in Seidenschnüren. Man roch das Wasser. Eine

angenehme Kühle driftete herein. Draußen war alles stockdunkel. Nirgendwo brannte mehr Licht. Ich war so erleichtert, dass ich die Dunkelheit geradezu aufregend schön fand und die erdig duftende Feuchtigkeit genüsslich einsaugte.

An Schlafen war in der Nacht noch weniger zu denken als in den Nächten davor. In mir nistete noch die Todesangst, die ich ausgestanden hatte. Gleichzeitig war ich aufgekratzt, weil sich alles gut aufgelöst hatte. Es war, als hätte ich zusammen ein Betäubungs- und ein Aufputschmittel geschluckt. Ich war nervös erschöpft und zugleich hellwach. Ich wusste, wenn ich jetzt ein Schlafmittel nähme, könnte ich trotzdem nicht schlafen. Ich wollte mich nicht stundenlang wach oder im Halbschlaf im Bett herumquälen, also setzte ich mich an meinen Arbeitstisch in die abgekühlte Nachtluft.

Der Bildschirm meines auf Batterie laufenden Notebooks erhellte den Raum ganz schwach, das Licht wirkte gespenstisch. Ich nahm mir vor, eins der besonders trockenen Kapitel zu überarbeiten. Davon versprach ich mir maximale Ablenkung von der bedrohlichen Wirklichkeit im Haus.

„Was sagt uns die Quantenphysik zum Gedächtnis von Gegenständen?"

Dass die Quantenphysik bedeutsam sein kann für die parapsychologische Modellbildung, haben bereits so bedeutende Physiker wie Wolfgang Pauli und Pascual Jordan diskutiert …

Die Lichter gingen in der Nacht nicht wieder an, und irgendwann war ich so übermüdet, dass ich mich nur noch

ins Schlafzimmer tasten und hinlegen konnte. Ich zog mich nicht mehr aus und schlief sogar ohne Schlaftablette.
Am nächsten Morgen erwachte ich schweißgebadet. Ich fühlte mich nicht wohl, hatte mein ganzes Bett nass geschwitzt. In der Luft hing noch die Feuchtigkeit der Gewitternacht. Durch die Rollladenritzen drückte bereits brennende Hitze. Mein Schlafzimmer fühlte sich an wie eine aufgehcizte Waschküche.
Als ich aufstehen wollte, wurde mir schwindelig. Kreislaufstörung. So etwas bekam ich, wenn ich ganz unten war. Ich musste mich auf die Bettkante setzen und versuchen, langsam aus- und einzuatmen. Allmählich ging es mir besser. Der Nebel in meinem Hirn lichtete sich. Mir wurde eine Sache nun vollkommen klar: Heute hatte ich nur eins zu tun. Heute würde ich ausziehen. Ich hielt es hier schlicht nicht mehr aus. Ich würde einfach ins Hotel ziehen. Die Kosten waren mir egal. Es ging schließlich um mein Leben.
Während ich Kaffee trank und herumblickte, was ich alles mitnehmen musste, ging es mir schon ein Quäntchen besser. Ich spürte sogar schon einen schwachen Elan.
Ich war verdutzt, als ich auf dem Küchenwecker 11.00 Uhr erblickte. So lange hatte ich noch nie geschlafen. Ich hatte geglaubt, es wäre höchstens neun. Ich muss völlig zeitvergessen geworden sein. *Lass dich nicht ablenken, dumme Kuh*, ermahnte ich mich, *ruf jetzt gleich das Hotel an. Du musst hier so schnell wie möglich raus.*
Ich hielt schon den Hörer in der Hand, als ich vor meiner Tür die Rauhaar laut schreien hörte. Ich erschrak nicht. Wer ungehalten „Schweinerei“ schreit, wird nicht ermordet. Dann klingelte es Sturm an meiner Tür.

Ein Blick durch den Spion bestätigte, es war die Rauhaar. Ich machte erleichtert auf.
„Im Treppenhaus stinkt es höllisch!"
Ich schnupperte in die Luft. „Ich kann nichts riechen."
„Es stinkt oben im vierten Stock."
Ich fühlte mich gleich wieder schlecht. „Wir müssen Tom verständigen."
„Er ist schon oben."
Ich genierte mich nicht, dass ich noch meine Shorts und meine Bluse vom Vorabend trug und noch nicht geduscht hatte. Dies war eine Ausnahmesituation, und so folgte ich der Rauhaar in meinen verknautschten Sachen, Schlafkrümel in den Augenwinkeln, mit wirrem Haar, in den Aufzug. Obwohl alles schlimm genug war und noch etwas Schlimmeres bevorstehen konnte, beschäftigte mich nun doch einen Moment lang, ob ich irgendwie muffig und nach Schweiß roch. Es war stärker als ich selbst. Ich war da aber in nicht allzu schlechter Gesellschaft: Marie Antoinette wollte sich, bevor sie aufs Schafott stieg, sogar noch schminken.
Meine Befürchtung, schlecht zu riechen, erledigte sich, als uns gleich beim Aussteigen ein Gestank einhüllte, der alles überdeckte. Der Gestank war pestilenzialisch. Er fiel einen an, er war aggressiv. Es roch nach unzähligen faulen Eiern, hatte ich den Eindruck.
Tom stocherte im Schloss herum. Marina stand dicht neben ihm. Ihr Gesicht war weiß mit einem gefährlichen Stich ins Grüne.
Der Generalschlüssel nützte nichts, da Zimmermann noch ein zusätzliches Sicherheitsschloss angebracht hatte.

„Es riecht nach Leiche“: Die Rauhaar sprach dunkel aus, was wir alle dachten, aber nicht über die Lippen brachten. Toms Nackenhaare glänzten schweißig. Marina starrte auf seine sehnigen Hände, als könne sie es nicht erwarten.
„Aber … Zimmermann ist doch verreist?“, bemerkte ich vorsichtig.
„Glaub ich nicht. Der liegt drinnen und verwest“, tat die Rauhaar ungerührt kund und fügte hinzu: „Für ihn tut’s mir am meisten leid. Mit ihm war endlich Leben ins Haus gekommen.“
Ein paar Bilder seiner Partys schwebten mir durch den Kopf. Ich sah vor mir, wie wir lachten, ausgelassen Champagner tranken, und der Gedanke, dass so viele von uns nie mehr Champagner trinken, nie mehr lachen würden, trieb mir Tränen in die Augen. Ich konnte die Tränen nicht stoppen, sie liefen über meine Wangen, übers Kinn, über den Hals.
Endlich sprang die Wohnungstür auf. Der Geruch wurde nun so unerträglich, dass ich nicht mehr durch die Nase atmen konnte. Ich beneidete die Rauhaar; sie hatte ein Taschentuch dabei und atmete durch den Stoff wie durch einen Filter.
Etwas Bräunliches war auf den Boden ausgelaufen. Eine Brühe wie aus Kot.
Tom ging mit der Hand vor Mund und Nase hinein. Wir warteten im Treppenhaus, obwohl uns der Gestank fast umbrachte. Es fehlten nur die Feldner-Schwestern. Die Glücklichen waren bei der Arbeit …
Ich hörte ein dunkles Ploppen. Dann: „Uhhrrg“, eine Art Würgelaut.

Die Rauhaar machte wieder Augen groß wie Untertassen: „Ich hab es gleich befürchtet … Zimmermann … er hat es am wenigsten verdient ...“
„Niemand hat es verdient“, protestierte Marina trocken und klang grotesk verzerrt, weil sie sich die Nase dabei zuhielt.
Mir liefen unaufhörlich die Tränen herunter. „Ich ziehe aus. Ich geh ins Hotel.“
„Sollten wir jetzt alle tun, hier ist niemand mehr sicher“, pflichtete Marina bei. Ohne Wenn und Aber war sie mit mir einer Meinung.
„Und wo gehst du hin?“, fragte mich die Rauhaar und reichte mir ihr Taschentuch.
„Ins Eden.“
„Zwei Sterne.“
„Sauber und in der Nähe.“
„Ich komm mit“, beschloss nun auch die Rauhaar ohne Umschweife.
Und Marina wollte, dass ich auch ihr ein Zimmer reservierte.
Die Stimmung wurde fühlbar zuversichtlicher, bis Tom, Erbrochenes am Mundwinkel, zu uns herauskam und uns wegdrängte. „Das ist nichts für euch.“
„W-was ist passiert?“, stotterte ich, obwohl ich kaum einen Laut herausbrachte.
„Jeder geht in seine Wohnung, ich verständige die Kollegen“, sagte er nur und unterdrückte sichtlich einen Brechreiz.

Kapitel XI

Im Polizeipräsidium waren sie so freundlich gewesen und hatten für uns alle, die Feldners eingeschlossen, Zimmer im Hotel Eden auf unbestimmte Zeit reserviert.

Im Hotel Eden hatte sich seit den Fünfzigerjahren nicht viel verändert. Alles war alt und roch zwar nicht muffig, aber wie aus einer anderen Zeit. Die Einzelzimmer waren dunkel und schlauchartig. Die Sauberkeit und ein starker, nicht unangenehmer Geruch nach Holzpolitur gaben ihrem Alter etwas Frische. Im Eingangsbereich herrschte ein klein wenig Prunk in Rot und Gold. Es gab eine Menge Sessel und Nierentische und sogar eine Mahagonibar. Das Beste war der altmodische Speisesaal. Man übersah die schadhaften Holztische und Holzstühle, weil alles blütenweiß eingedeckt war und die Wände erst kürzlich gestrichen worden waren, in einem weichen Cremeton. Man konnte sogar draußen essen unter einer Laube, die einen Teil des Gehsteigs überspannte.

Es ist schwer, die Erleichterung zu beschreiben, als ich mich in meinem Zimmer ausbreitete und meinen Arbeitstisch einrichtete. Es kam mir so vor, als hätte ich jahrelang unter einer akuten Lebensbedrohung gelebt, und jetzt war ich endlich in Sicherheit. Auf einmal war alles vorbei, würde alles wieder gut.
Am Nachmittag schlief ich drei Stunden tief, traumlos und ohne Unterbrechung. Als ich aufwachte, war mir zuerst wieder schwindelig und nicht ganz klar, wo ich mich befand, dann begriff ich langsam, dass ich an einem anderen,

an einem sicheren Ort war, und fühlte mich rasch besser, fast sogar erholt.
Auch der Rauhaar, Marina und den Feldners merkte man die Erleichterung an, als wir gemeinsam auf der Terrasse zu Abend aßen.
Ich war froh, dass es für Hotelgäste nur zwei Menüs zur Auswahl gab. Suppe, Fleisch oder Pasta und dann Eis. Es war unkompliziert, man konnte sich gehen lassen, man war versorgt. Und das Essen schmeckte hausgemacht.
Ich hatte nach der Fleischbrühe mit Ei Tomatenspaghetti bestellt, Tomatenspaghetti hatten etwas Tröstliches. Die Feldner-Schwestern ebenfalls. Marina und die Rauhaar nahmen den Schweinebraten mit Kartoffeln und Salat.
Eine Zeit lang wollte jede nur genießen; ausruhen, essen – mit so großem Appetit hatte ich die anderen noch nie essen sehen –, bis wir über Umwege wieder auf *das Thema* kamen, auf unser Haus und seine Bewohner.
Die Rauhaar hatte die Gabel beiseitegelegt und uns zugeflüstert: „Dem Kellner wollt ich nicht bei Nacht begegnen. So einer, könnt ich mir vorstellen …"
„Scht, scht", zischte eine der Feldner-Schwestern. Sie fürchtete natürlich, der Kellner könne es hören.
Der Mann war über sechzig, trug einen rabenschwarzen Oberkellneranzug, der aus jüngeren Jahren stammen musste; die Ärmelränder waren verschlissen, und er war ihm zu groß geworden, insbesondere um Schultern und Hüfte. Eigentlich wirkte er nur unheimlich infolge seines unnatürlich wirkenden, schwarz gefärbten Haars und seines bleichen, tief zerfurchten Gesichts. Es gab kaum alte Kellner, obwohl sie wenig kosteten. Der Beruf war kein Altersberuf. Das Herumrennen ertrug im Alter keiner mehr.

„Ich meine nur“, fuhr die Rauhaar fort, „so einer könnte von außen ins Haus eingedrungen sein und einen nach dem anderen, ihr wisst schon …“
Marina wollte sich offensichtlich lieber weiter aufs Essen konzentrieren. Sie schob schlürfend einen Bissen nach dem anderen in den Mund. Dann sagte sie trotzig: „Mir ist langsam wurscht, wer es gewesen ist. Ich hoffe nur, die Polizei macht endlich ihre Arbeit. Wochen im Hotel, das wird teuer. Wer zahlt mir das?“
Die Feldner-Schwestern nickten.
Ich war einfach zu froh, in Sicherheit zu sein, um schon wieder zu nörgeln. Und ich genoss auch den Reiz des alten Hotels. Ob die anderen gar nicht merkten, wie die Zeit hier stehen geblieben war? Ließ sie das völlig kalt? Speicherten Häuser, Wände, Möbel wirklich die Vergangenheit, dann konnte man die doch wenigstens ansatzweise spüren, gerade in einem Ensemble, das niemand seit den Fünfzigerjahren mehr verändert hatte bis auf ein oberflächliches Tünchen der Wände. Alles atmete hier einen kohärenten Zeitgeist …
„Wie Zimmermann gestorben ist, würd mich brennend interessieren“, legte die Rauhaar ebenso trotzig nach. „Es muss schrecklich gewesen sein, die reinste Metzelei, sonst hätte uns Tom nicht fortgescheucht.“
„Ich will das gar nicht wissen“, antwortete Marina patzig und aß bereits langsamer.
Die Feldner-Schwestern hatten ihre Gabeln auf den Tisch gelegt. Und ich konnte auch keine Tomatenspaghetti mehr in den Mund schieben, weil die Vorstellung von abgetrennten Körperteilen und rohen Fleischklumpen es verhinderte. Nur die Rauhaar aß normal weiter, musste aber irgend-

wann bemerkt haben, dass alle anderen, auch Marina, ihr Besteck beiseitegelegt hatten. Sie sah uns an, blickte auf unsere Teller und leitete dann die Unterhaltung auf ein anderes Thema. Zwar nicht allzu weit weg, aber zu etwas weniger Unappetitlichem. Wir unterhielten uns im Folgenden über Zimmermann und seine guten Manieren. Das war überdies ein Thema, bei dem alle einer Meinung waren. Selbst Marina hatte lobende Worte für ihn. Er sei zu Frauen immer galant gewesen, habe gewusst, was sich gehört. Er sei ein Ausbund an Höflichkeit gewesen. Dass er zu der alten Frau Mooskop so freundlich gewesen war, habe sie besonders beeindruckt. Die meisten Männer übersahen ja alte Frauen einfach, sprachen sie noch weniger an, für sie waren alte Frauen schlicht unsichtbar. – Ich stutzte, weil ausgerechnet Marina jetzt nett über die Mooskop sprach, wo sie sie doch noch vor kurzem beim Sozialamt angezeigt hatte. – Zimmermann hätte ihnen zwar ab und zu schräg zugezwinkert, er sei aber nie zudringlich geworden, meinten die Feldner-Schwestern. Auch der Rauhaar hatte Zimmermann stets Komplimente gemacht, sie wollte allerdings nicht auf eine Stufe mit Frau Mooskop gestellt werden, sie war ja ihrer Ansicht nach noch nicht alt, oder besser, sie war alterslos. Zimmermann war eigentlich der Einzige im Haus gewesen, der sich ernsthaft für meine Arbeit interessiert hatte. Jedes Mal hatte er mich gefragt, an was für einem Kapitel ich gerade arbeitete. Er hatte sogar mein Buch über das Gedächtnis von Orten und Gegenständen kaufen wollen, wenn es denn je fertig wurde …
Eine wehe Stimmung kam auf. Und mir kam nun wieder hoch, dass Marina zumindest die Mooskop auf dem Gewissen hatte. Marina hatte die Mooskop, wie es aussah, in

den Selbstmord getrieben. Und jetzt saß ich hier mit ihr am selben Tisch und tat freundlich … Es war eben eine Ausnahmesituation, beruhigte ich mein Gewissen. Da verhielt man sich anders. Wir waren gemeinsam einer gewaltigen Gefahr entronnen, und da wollte keine mehr die Harmonie stören. Niemand wollte in so einem Moment noch streiten. Wir wählten an dem Abend dementsprechend nur noch Themen, bei denen wir einer Meinung sein konnten.

Als wir schon beim Eis waren, es gab das obligate gemischte Eis der Fünfzigerjahre, Erdbeere, Schokolade, Vanille mit vorsintflutlicher Waffel und einem Klecks Schlagsahne, erschien Tom. Er trug frische Kleidung, war in Zivil. Ich versuchte in seinem Gesicht zu lesen. Es war aber unbeweglich. Tom roch stark nach Seife und Deodorant. Vielleicht hatte er versucht, die schrecklichen Eindrücke abzuwaschen. Als Polizist des Morddezernats musste er vieles Entsetzliche sehen und durfte sich nicht zu sehr beeindrucken lassen. Er musste einfach weitermachen. Es war sein Job.

Wir machten Tom Platz. Man konnte spüren, dass er sich gerne zu uns setzte, sozusagen in alter Erinnerung an unsere allabendlichen gemeinsamen Essen. Und sicherlich auch, weil er sich wieder in der Normalität befand, an einem lauen Abend im Restaurant. Nichts ließ hier etwas von der anderen, blutrüstigen Welt ahnen. Die gab es hier nicht.

Der Rauhaar brannten sichtlich die Fragen unter den Nägeln. Sie ruckte auf ihrem Stuhl hin und her. Und auch ich wollte nun endlich wissen, was in Zimmermanns Wohnung geschehen war. Marina stocherte in ihrem Eis herum

und hielt den Blick gesenkt. Die Feldner-Schwestern waren erstarrt vor gespannter Aufmerksamkeit, saßen da wie Ölgötzen.
In Zimmermanns Wohnung waren zwei Leichen gefunden worden. Eine in dem riesigen Weinkühler, die zweite in der Tiefkühltruhe. In der Einzimmerwohnung im dritten Stock, die Zimmermann zu einem Kühlraum umfunktioniert hatte, stand ein Säurebottich. In dem schwammen ein paar Reste herum.
„Reste?“, fragte eine der Feldners mit aufgerissenen Augen.
„Wir haben einen von Fett ummantelten Gallenstein und eine Zahnprothese sichergestellt. Da war niemand mehr zu erkennen.“
Die andere Feldner sprang auf und übergab sich in einen Geranientopf. Mir wurde gleich ebenso übel. Ich schluckte vehement.
Marina war sehr bleich geworden. „Dann kann man eine DNA-Probe von dem Gallenstein entnehmen …“
Tom nickte.
„Und wer sind die zwei in Zimmermanns Wohnung?“, hatte die Rauhaar die kühle Geistesgegenwart zu fragen.
„Matt Reynolds und Jean Colomb.“
Die Feldner-Schwester setzte sich wieder und wischte sich den Mund mit der Stoffserviette ab. Sie atmete unnatürlich. Es war zu befürchten, dass es gleich wieder losging.
„Der Gallenstein aus dem dritten Stock könnte zu Priscilla gehören …“, murmelte die Rauhaar vor sich hin und rückte etwas weiter auf mich zu von den Feldners weg.
„Und die Zahnprothese?“ Priscilla trug doch keine Zahnprothese, überlegte ich panisch.

„Ist dann also Zimmermann der Mörder?“, fragte die Rauhaar Tom zögerlich; sie klang so, als fürchtete sie die Antwort.
„Die Leichen sind in seiner Wohnung. Es liegt verdammt nahe. Ist aber nicht sicher ...“ Tom verzog auf einmal den Mund, als störe ihn etwas. „Die Prothese, die wir sichergestellt haben, passt zu einem Männerkiefer …“
„Sie meinen, vielleicht zu Zimmermann …?“, piepste die noch gesund aussehende Feldner-Schwester.
Die Rauhaar fühlte sich nun sichtlich unwohl. Sie litt an einer Verwirrung, die sie in der Größe nicht gewohnt war.
„Ja, dann ist der Mörder doch irgendeine Person, die wir gar nicht kennen?“
Tom kratze sich am Nacken. Auf seiner Stirn bildete sich ein Film winziger Schweißperlen, die im Abendlicht glänzten. Er war sichtlich unzufrieden.
Mir fuhr ein Schrecken durch die Glieder, als die Rauhaar auf einmal meinen Arm so fest packte, dass es schmerzte. Sie zeigte mit dem Kopf in Richtung des gegenüberliegenden Gehsteigs.
Die anderen reagierten nicht. Ich protestierte, folgte aber ihrem Blick.
Konnte das sein? Dort ging Zimmermann. Oder jemand, der ihm ähnlich sah. Oder Zimmermanns Geist …
„Ist das nicht …?“, zischte die Rauhaar.
Die anderen drehten sich nun um und sahen ebenfalls in die Richtung.
Marina schien schärfer zu sehen als alle. „Mensch, Scheiße!“, rief sie und bekräftigte: „Zimmermann!“
„Der lebt noch?“ Die Augen der Feldner-Schwestern wölbten sich aus den Höhlen.

„Ja, wenn das Zimmermann ist …“, setzte die Rauhaar mit dunkler Stimme an ...
Tom machte wilde Zeichen, wir sollten uns beruhigen. Er hatte sein Funkgerät am Ohr. Es gab einen Pfeifton. Dann sagte er nur ein Wort, sehr deutlich: „Zugriff!“

Nachspiel

Es war ein merkwürdiges Gefühl, wieder unser Haus zu betreten. Es wirkte nicht nur leer, die Morde hatten eine klaffende Lücke hinterlassen. Und die Lücke entwickelte beinahe einen Sog. Im Treppenhaus schwindelte mir sogar leicht. In meiner Wohnung spürte ich hingegen nichts Böses. Den anderen war ähnlich unwohl im Haus, auch wenn die Gefahr vorüber, Zimmermann hinter Schloss und Riegel war und er auch nie wieder herauskommen würde. Warum alle im Haus blieben, hatte einzig den Grund, dass neue Wohnungen schwer zu finden waren und wir für dieselbe Größe und dieselbe Lage mindestens ein Viertel mehr hätten ausgeben müssen.
Marina meinte, die Stimmung im Haus würde besser, wenn neue Mieter einzogen. Wer aber würde hier einziehen wollen, nachdem alles in den Medien breitgetreten worden war? Unser Haus war in jeder einschlägigen Sendung und Zeitung, die Straße wurde genannt. Die grausige Tragödie und ihr Schauplatz waren stadtbekannt.

Unsere gemeinsamen Abendessen behielten wir vorerst bei. Auch wenn es dafür eigentlich keinen Grund mehr gab.

Für mich waren die Essen ein Trost. Sie halfen mir dabei, mich im Haus wieder einzuleben.
Die Rauhaar kochte und lieferte immer die neuesten Zeitungen. Zimmermann füllte inzwischen selbst die überregionalen. Jeden Tag kam Neues und Erschreckenderes über den Mann ans Licht.
Zimmermann hatte es auf junge Männer abgesehen. Er lockte sie an und tötete sie. Entweder betäubte er sie mit einem Schlag auf den Kopf oder mit einem K.-o.-Trunk aus Whisky und Temesta. Solange sie mehr oder weniger bewusstlos waren, vergewaltigte er sie. Sobald sie Zeichen zeigten, wieder zu sich zu kommen, strangulierte er sie mit einer Hundeleine. Und dann fror er sie ein. Sie gekühlt immer wieder zu betrachten, war für ihn fast schöner als die Tat selbst. Da war nichts Hässliches dabei, keine Gewalt, es war stille Betrachtung, schlicht Kunst. Er wollte daher auch nicht vulgär Mörder genannt werden, das traf es seiner Ansicht nach nicht, sondern er sah sich als *Sammler.*
Zimmermann hatte sich nur zum Schein verheiratet. Er hatte die Ehe und die Kinder als biederen Deckmantel benutzt, genau wie seinen Charme, seine Geselligkeit, seine Hilfsbereitschaft. Das hatte er von Pogo dem Clown gelernt, einem amerikanischen Serienmörder der Siebzigerjahre, dessen Geschichte ihn schon in seiner Jugend fasziniert hatte. Zimmermann wollte immer wie Pogo der Clown werden. Und wenn ihn seine Frau anekelte – alle Frauen ekelten ihn –, dann sagte er sich, Pogo der Clown hatte auch geheiratet, obwohl er es auf Jungs abgesehen hatte, und vielleicht hatte er, Zimmermann, noch klüger gehandelt als Pogo der Clown, er hatte eine Frau gefunden,

die mehr an Geld als an Sex interessiert war, sogar überhaupt nicht an Sex interessiert war, und so hielt sich die Belästigung ihrerseits in Grenzen.
Die Polizei hegte den starken Verdacht, dass Zimmermann eine weitere, noch unaufgeklärte Serie zuzuordnen war, die vor zehn Jahren geschah. Mehrere junge Männer waren damals verschwunden. Ihnen war eins gemeinsam gewesen: Alle hatten sich in der Firma Zimmermanns als Lehrlinge beworben. Danach schien Zimmermann aufgehört zu haben mit dem Morden. Bis er in unser Haus zog. Nach der für ihn erfolgreich verlaufenen Serie vor zehn Jahren wollte er vielleicht nichts mehr riskieren. Bis er dann doch wieder anfing …
„Ich seh noch sein Lächeln vor mir“, sagte die Rauhaar mit frierender Stimme, einer Stimme, die mit Eis überzogen schien. „Und seine Augen.“
„Seine Augen? Was war mit denen?“, fragte Marina.
„Die haben nicht gelacht, wenn ich jetzt zurückdenke. Auch wenn er dauernd lachte, blieben seine Augen … starr. Wie Glasaugen …“
„Genau“, rief eine der Feldner-Schwestern. „Mit seinen Augen stimmte was nicht. Ich glaube, er hat Leute hypnotisiert.“
„Sehr gut möglich“, pflichtete die Rauhaar bei. „Er hat uns mit Blicken beeinflusst, uns Sympathie eingeflößt, ein Gefühl, alles sei mit ihm in Ordnung. Aber nicht nur das. Sicher hat er auch seine Opfer mit Blicken hypnotisiert, sie wogen sich in Sicherheit, und er konnte in aller Ruhe angreifen. Das Schwein hat seine Opfer mit Blicken wehrlos gemacht, nicht nur mit K.-o.-Drinks.“

Der Blick hatte eine Macht. Da war, wie gesagt, etwas dran. Nicht umsonst gab es die Angst vor dem „bösen Blick“ in allen möglichen Kulturen, zu allen möglichen Zeiten ...
„Aufwachen!“ Marinas Stimme schrillte.
Ich zuckte zusammen. Alle blickten mich an, als stimme etwas nicht. Ich muss in Gedanken einfach weggedriftet sein. In mein Manuskript. So etwas ist mir in Gesellschaft noch nie passiert. Ich bin viel zu schüchtern, um, während andere sich unterhalten, mein eigenes Ding durchzuziehen. Es war einfach passiert. Ich habe anscheinend die Morde zwanghaft ausgeblendet. Zimmermann ausgeblendet. Ich bin für einen Moment aus dieser Welt in eine andere geglitten, die mit wirklichen Grausamkeiten nichts zu tun hat, in der es nur um Theorien geht.
„B-bitte entschuldigt“, stotterte ich, und es klang nach schlechtem Gewissen.
„Was ich noch nicht verstehe …“, fuhr die Rauhaar fort, „… die Morde an Matt und Jean gehen aufs Konto von Zimmermann, die konnte er auch schlecht ableugnen, aber Priscillas Verschwinden und Ramonas Vergiftung haben sie noch nicht mit ihm in Verbindung gebracht. Und über Enis wissen wir auch noch nichts.“
Einen ganz kleinen Moment hoffte ich, Priscilla würde wieder auftauchen, verwarf die Hoffnung aber gleich wieder. Nichts ist so schädlich wie enttäuschte Hoffnung. Und dann spürte ich, wie sich Verunsicherung unter uns ausbreitete. Ich konnte sie aus der Luft greifen; sie hatte dieselbe Dichte wie ein übler Geruch angenommen.
„Ich glaube, ich muss euch etwas sagen“, bemerkte Marina auf einmal ungewöhnlich zurückhaltend, nicht wie sonst,

im Brustton der Überzeugung. „Ich habe gesehen, wie Priscilla bei Zimmermann geklingelt hat“, sie räusperte sich, „am Abend, bevor sie verschwand.“
„Was hast du?“, explodierte ich.
„Und Sie haben nichts gesagt?“, erhob die Rauhaar ihre Stimme.
„Weshalb sollte das wichtig sein?“, sagte Marina nur und klang so keck wie eh und je.
„Was wollte Priscilla von Zimmermann?“, fragte sich eine der Feldner-Schwestern. „Sie ging doch sonst nicht alleine zu ihm.“
„Zimmermann hat hundertprozentig auch Priscilla und Ramona auf dem Gewissen. Und natürlich Enis. Sie werden schon noch dahinterkommen“, dachte die Rauhaar laut vor sich hin.
Es wurde still. Jede hing ihren Gedanken nach.
Draußen rumpelte es in der Ferne. Ein weiteres Gewitter war im Anzug. Blitze leuchteten vereinzelt auf. Es war zu heiß geworden, nun käme jeden Abend ein Gewitter, bis die Temperatur fiel. Der Sommer käme bald zu seinem Ende.
Das ferne Grollen und die Sprachlosigkeit im Zimmer wurden immer bedrohlicher. Ich musste etwas sagen, uns einen Schritt weiterbringen: „Zwischen Ramona und Priscilla gibt es einen Zusammenhang. Priscillas Hund Churchill und Ramona wurden mit demselben Gift vergiftet.“
„Genau!“ Die Rauhaar wurde wieder lebendig.
Marinas Stirn legte sich in tiefe Runzeln. „Der Mörder wollte mit dem Köter die Probe machen, ob das Gift auch funktioniert, und hat es dann Ramona kredenzt!“

Eine der Feldner-Schwestern verzog den Mund. „Aber was wollte Herr Zimmermann bloß von Ramona? Und was von Priscilla? Er war doch hinter Jungs her? Allenfalls Enis passt noch in sein Beuteschema …"
Die andere Feldner-Schwester wurde plötzlich unruhig. Ich sah ihr die Angst an. „Und wenn Ramona, Priscilla und Enis doch nicht auf Zimmermanns Konto gehen, wenn noch ein weiterer Mörder ..." Sie verschluckte sich.
Wir blickten sie entgeistert an, obwohl jede schon längst dasselbe in Erwägung gezogen haben musste.
Wie um sich zu entschuldigen, schlug sie vor: „Wenn Zimmermann einen Komplizen hatte …"
Jede hielt auch das für möglich. Niemand wollte jedoch so recht daran glauben: Ein Mörder war genug, zwei waren einfach zu viel … Noch eine Stunde lang führten wir Argumente dafür an, weshalb es Zimmermann alleine sein musste, der alle auf dem Gewissen hatte, und alles andere höchst unwahrscheinlich war.
Niemand konnte sich allerdings einen Reim darauf machen, warum Zimmermann auch Frauen getötet haben sollte, wo er doch auf junge Männer *spezialisiert* war. Und von wem die männliche Prothese und der Gallenstein im Säurebottich stammten, das war auch noch nicht klar.

Für mich wurde es erneut eine unruhige Nacht. Ich schlief nicht, harrte im Sessel vor dem Fernseher aus. Bis zum ersten Lichtschein, kurz vor fünf.

In den nächsten Tagen füllten Interviews mit Zimmermann die Medien. Er hatte nichts mehr zu verlieren und gefiel sich nun in monströser Selbstdarstellung. Er gab endlich alles zu. Auch die Serie von Morden vor zehn Jahren, die man jetzt erst mit ihm in Zusammenhang gebracht hatte. Zusätzlich gestand er noch ein paar Morde, von denen noch niemand etwas auch nur geahnt hatte, und es verfehlte nicht die Schockwirkung, die er sich davon sicher versprochen hatte.

Als ich Zimmermanns Aussage zu Priscilla las, hielt ich zuerst die Luft an. Da stand ihr Name in der Zeitung, und ich wusste, was das hieß. Ich sah auf die Buchstaben P r i s c i l l a K l e i n. Immer wieder. Und ich konnte nicht weiterlesen. Mein Herz klopfte, mir brach Schweiß aus. Eine halbe Stunde lang brauchte ich, um mich zu beruhigen. Dann machte ich mich erneut an den Artikel. Und was ich da las, hatte ich nicht im Mindesten erwartet. Es war für mich unfassbar.

Was Ramona betraf, so waren die Rauhaar und Marina auf der richtigen Spur gewesen. Zimmermann hatte auch Ramona getötet. An Churchill hat er die Wirkung des Gifts ausprobiert und es in entsprechend höherer Dosis an Ramona in Form präparierter Pralinen angewandt.

Priscilla hatte nun beobachtet, wie Zimmermann eine, *die betreffende*, Pralinenschachtel zu Ramona brachte, wie Ramona ihm die Tür öffnete und die Schachtel entgegennahm. Ich vergegenwärtigte mir, wie wir mitten in der Nacht, es war gegen drei Uhr, alle vor Ramonas Tür standen. Drinnen war die Polizei, Ramona lag auf dem Boden in ihrem eigenen Erbrochenen, und es war klar, sie war tot. Die Feldner-Schwestern hatten sich umarmt und geweint. Matt und Jean hatten einfach nur dagestanden. „Die Pralinenschachtel!“, hatte Priscilla wie entgeistert gerufen und auf etwas auf dem Boden gezeigt. Ich hatte die Pralinenschachtel erblickt, aber nicht verstanden, was Priscilla so an der Schachtel aufregte. Jetzt wurde alles klar: Priscilla wusste in dem Moment Bescheid über Zimmermann oder hegte zumindest einen starken Verdacht. Und sie hat Zimmermann in der Folge erpresst! Als ich die Summe las – sie wollte von Zimmermann 500 000 –, schluckte ich so heftig, dass ich husten musste … Das viele Geld muss Priscilla blind für die Gefahr gemacht haben. Blind dafür, was in Ordnung ist und was nicht mehr.

Auch Ramona hatte etwas gesehen und Zimmermann erpressen wollen. Auch sie hatte deshalb daran glauben müssen. Ramona war in dem Moment aus dem Haus getreten, als Enis über die Terrassenbrüstung stürzte. Mit einem Haar hätte es sie erwischt. Wäre sie nur einen Moment früher auf den Gehsteig gelangt, wäre ihr Enis direkt auf den Kopf gefallen. So landete er vor ihren Füßen. Ramona hatte nach oben gesehen, von wo Enis heruntergestürzt war, und dort oben, im fünften Stock, sah Zimmermann zu ihr herunter. Ramona muss erschüttert gewesen sein, sich das Ihre gedacht haben, und ging dennoch wie sonst, als sei nichts geschehen, ihren Besorgungen nach. Ich wollte es mir gar nicht vorstellen; vielleicht hatte Enis noch im Sterben gestöhnt, und Ramona war einfach um ihn herum und weitergegangen. Zwei Tage später hat sie dann Zimmermann aufgesucht, um zu sehen, was für sie drin war. Sie wollte 50 000. Zimmermann schlug vor, ihr das Geld vorbeizubringen, sobald er es flüssig hätte, und beschwichtigte sie einstweilen mit Worten und einer Pralinenschachtel ...

Ich guckte im Internet das Strafmaß für Erpressung nach: „Wer einen Menschen rechtswidrig mit Gewalt oder durch

Drohung mit einem empfindlichen Übel zu einer Handlung, Duldung oder Unterlassung nötigt und dadurch dem Vermögen des Genötigten oder eines anderen Nachteil zufügt, um sich oder einen Dritten zu Unrecht zu bereichern, wird mit Freiheitsstrafe bis zu fünf Jahren oder mit Geldstrafe bestraft.“

Der Täter Zimmermann wurde also von Priscilla und von Ramona durch die Drohung, ihn anzuzeigen, erpresst. Ein schwaches Erpressungsopfer wird zum Werkzeug des Erpressers, kann nicht mehr frei entscheiden. Aber jemand wie Zimmermann? So einem konnte niemand die Handlungsfreiheit nehmen. Es war, als hätten Priscilla und Ramona die Hand in einen Löwenkäfig zu einem hungrigen Löwen gestreckt und darauf vertraut, schon nicht gebissen zu werden.

Für Zimmermann war es überaus ärgerlich, dass zwei Frauen ihn gesehen hatten und nun erpressten. Die beiden zu töten, bedeutete, noch mehr Aufmerksamkeit auf das Haus zu ziehen. Zu viele Todes- oder Verschwindensfälle konnten nur stören. Ihm war aber auch klar, dass er den beiden nicht trauen konnte. Frauen waren geschwätzig. Irgendwann würden sie reden. Auch wenn er sie bedrohte oder bezahlte. Also machte er kurzen Prozess.

Ich atmete schwer. Mir kamen die Tränen. Erpressung ist eine hässliche Sache. Selbst wenn man einen Mörder erpresst. Wie konnte es mit den beiden nur so weit kommen? Waren sie verzweifelt? Hatten sie schlimme Geldsorgen? Und ich hatte nichts davon bemerkt?

Es klärte sich nun auch das Rätsel mit dem Gebiss im Säurebottich. Es war Priscillas Prothese gewesen. Priscilla hatte allen verschwiegen, dass sie eine Prothese trug, ver-

ständlich, sie war eigentlich viel zu jung für eine Prothese, und sie hatte einen etwas breiteren Kiefer gehabt, daher hatten die Ermittler zuerst an eine männliche Prothese gedacht.
Und dann stand da später noch in einer Zeitung, und damit hatte wirklich gar niemand von uns gerechnet, dass Zimmermann auch die Mooskop auf dem Gewissen hatte. Zimmermann gab nicht alles auf einmal preis. Er genoss es, in Häppchen zu schockieren.
Es war gruselig, Zimmermanns diesbezügliches Geständnis zu lesen. Selbst Marina und die Rauhaar bekamen Gänsehaut. Ich drehte beinahe durch. Nun auch noch die Mooskop. Ich war so davon überzeugt gewesen, die Mooskop sei eines natürlichen Todes gestorben. Aber nein.
Zimmermann hatte sie besucht und nach eigenen Aussagen in ihrer Wohnung an einem Sessel mit einem Knebel festgebunden und dort verhungern und verdursten lassen. Er hatte sich ihres Schlüssels bemächtigt, und als sie tot war, hatte er sie in ihrer Wohnung auf den Boden gelegt, *so dass es natürlich aussah*, und das Taubenfenster geöffnet.
Blitzartig fiel mir ein, wie ich, als Enis vor dem Haus lag, gesehen hatte, wie sich oben in der Wohnung der Mooskop ein Vorhang bewegt hatte. Auch *sie* hatte natürlich etwas gesehen. Und zwar hatte sie gesehen, wie kurz, nachdem es passiert war, Zimmermann aus dem Haus gestürmt kam und sich vor Enis hinkniete. Die Mooskop hatte nun Zimmermann gegenüber dummerweise erwähnt, was sie beobachtet hatte. Sie hatte das Knien lediglich für eine pietätvolle Geste gehalten. Und das hatte schon genügt, dass er sie als gefährlich ansah und erledigte. Beson-

ders schlau war es von Zimmermann gewesen, dass er den Brief vom Sozialamt, in dem der Mooskop eine Heimunterbringung nahegelegt wurde, obenauf gelegt und sämtliche Lebensmittel aus der Wohnung entfernt hatte, sodass es aussah, als hätte die Mooskop Selbstmord durch Sterbefasten begangen.

Da Zimmermann viel mehr Personen töten musste, als er geplant hatte, war es ihm nötig erschienen, sich selbst als besonders unverdächtig darzustellen. Er hat die Bremsen seines Wagens manipuliert, damit alle glaubten, der Mörder hätte es auch auf ihn abgesehen. Und der Infame hatte mir Matts Pullover übergeben, nachdem er Matt getötet hatte, in der Hoffnung, man fände den Pullover bei mir, womit ich dann zum Kreis der Verdächtigen gehörte. So weit ist es zum Glück nicht gekommen. Ich hörte die Stimme der Rauhaar im Geist: *Die Polizei findet sowieso nie was.*

Was mich noch mehr schockierte, obwohl mich eigentlich nichts mehr hätte schockieren dürfen, war Zimmermanns wörtlich wiedergegebene Aussage: „Die Frau habe ich gleich in Säure aufgelöst. Sie hat mich ja nicht interessiert. Die störte bloß. Die Jungs hab ich gekühlt. So konnte ich sie jeden Abend ansehen. Erst wenn ich wieder Platz gebraucht hätte, hätte ich mich vom einen oder anderen getrennt. Schweren Herzens …“

Es klang, als hätte er noch weitere Morde geplant. Vielleicht Jungs aus der Nachbarschaft. Und gestoppt hat ihn nur der Stromausfall.

Wären seine Kühlschränke nicht ausgefallen, hätten sich keine bestialischen Gerüche gebildet. Niemand wäre auf die Leichen in seiner Wohnung aufmerksam geworden, und Zimmermann hätte noch weiter sein Unwesen treiben können.

Die Rauhaar regte sich noch lange darüber auf, dass die Polizei so gut wie nichts aufgeklärt hatte und alles, was nach den zufällig an die Oberfläche getrudelten Leichen noch unklar geblieben war, ausgerechnet durch Zimmermann selbst, den Täter, vollends aufgeklärt worden war. Erschütternd war auch noch Zimmermanns Fazit des gesamten grauenhaften Geschehens. Die Zeitungen betitelten es mit: *Enis war an allem schuld.*
Enis hatte Zimmermann besonders gereizt, weil er schön und scheu war, ihm offensichtlich gezielt aus dem Weg ging. Vielleicht hatte Enis etwas geahnt ... Zimmermanns Freude war groß gewesen, als Enis nebenan einzog und er ausgerechnet mit diesem schönen jungen Mann die Dachterrasse teilte. Enis war zum Greifen nah. Zimmermann hatte zuerst nur Mikrokameras installiert und beobachtet, wie Enis sich mit nacktem Oberkörper sonnte oder leicht bekleidet Morgengymnastik trieb. Dann wurde die Versuchung einfach zu groß. Zumal es so leicht war. Es war einfach zu leicht. Eines Morgens hielt Zimmermann es nicht mehr aus. Auf seinem Monitor sah er, wie Enis seine Frühgymnastik auf der Terrasse machte, obwohl es leicht regnete. Enis' Haut glänzte nass, das machte es für Zimmermann noch aufreizender. Er stieg auf die gemeinsame Dachterrasse und überfiel Enis. Der Plan war, Enis zu überwältigen, ihn zu missbrauchen, zu töten und seinen Körper in einem seiner Kühlschränke aufzubewahren. Niemand wäre etwas aufgefallen. Sie hätten Enis vergebens gesucht. Und nichts wäre mehr geschehen. Er hatte sich

nämlich vorgenommen, nur diesen einen jungen Mann zu beehren, Zimmermann sagte doch tatsächlich *beehren*. Enis hat sich vergeblich gewehrt, Zimmermann war stärker. Noch bevor Zimmerman Enis mit einer Eisenstange den betäubenden Schlag auf den Kopf versetzen konnte, war es Enis aber irgendwie gelungen, über die Brüstung zu springen. Der Idiot hatte sich ihm einfach entzogen, war eigenmächtig in den Tod gesprungen. Das hatte Zimmermann als unerhörte Zurückweisung empfunden. Er musste die Scharte dringend auswetzen, sich einen anderen jungen Mann gefügig machen. Enis war schuld an allem.

Ich hasse das nasse Novemberwetter. Alles ist düster und kalt. Dennoch ist heute ein guter Tag. Die erste neue Mieterin zieht ein. Sie ist eine pensionierte Lehrerin und hat mir freundlich die Hand geschüttelt.
Sie zieht ausgerechnet in Zimmermanns Wohnung. Zimmermanns Frau hat ihr mitgeteilt, sie könne alle Möbel haben. Sie wollte nichts mehr, was mit ihrem Mann in Verbindung stand. Es waren teure Möbel.
Die Lehrerin verzichtete und ließ sämtliche Möbel innerhalb eines Tages fortschaffen. Sie befreite sich fast zu eilig davon. Da sie die Vorgeschichte des Hauses bestens kennt, vermute ich, sie hat die Wohnung wegen des reduzierten Mietpreises genommen. Jedenfalls zeigen ihre und die Reaktion Frau Zimmermanns, dass Dinge ein Gedächtnis haben. In Zimmermanns Möbeln ist Zimmermann gespeichert, und niemand möchte ihn mehr um sich haben.
Mit Zimmermanns Dingen geht es wie mit den Dingen eines Verstorbenen. So wie man mit den Dingen eines Verstorbenen umgeht, besitzen sie eine unheimliche Le-

bendigkeit, sind sie lebendige Gedächtnisträger, haben sie etwas Auratisches und auch zuweilen eine makabre Macht. Die Dinge eines Toten garantieren den Fortbestand seiner Identität. Solange ich das Auto des verstorbenen Vaters fahre, ist es *das Auto des Vaters*, ist er sozusagen nicht tot. Kleider der Toten wollen die Nachkommen häufig nicht tragen. Sie sofort wegzugeben fällt aber schwer. Der Tote steckt sozusagen noch zu sehr in ihnen. Irgendwo im Keller warten sie dann auf ihre Entauratisierung. Ding-Andenken, die sie von dem Verstorbenen aufbewahren, halten die Hinterbliebenen heilig. Vom Porzellan der Großmutter scheinen feine Fäden hinüber ins Totenreich zu führen. Fasst die Hand den Henkel der großmütterlichen Kaffeekanne, so ist das wie eine winzige Wiedererweckung der Toten. Es gibt auch immer wieder den Fall, dass man ganze Räume des Verstorbenen unangetastet lässt, heilighält. Auch hier lebt der Tote im Gedächtnis der Dinge fort.

Letzte Dinge, Dinge Verstorbener werden häufig auch als äußerst unheimlich empfunden. Sie strahlen eine unheimliche Macht aus. Handelt es sich um ungeliebte Tote, möchte man ihre Dinge möglichst sofort aus der Wohnung schaffen. Offensichtlich steckt in ihnen noch der Tote. Es gibt viele berühmte Beispiele quasi hysterischer Säuberungen von letzten Dingen. Nachfolger gewaltsam beseitigter oder verhasster Potentaten entfernen zumeist peinlich genau die persönlichen Dinge ihrer Vorgänger. Als seien sie gefährlich, als hielten sie noch die Macht des Vorgängers präsent. Hat man je gehört, dass irgendwo persönliche Dinge Hitlers offiziell konserviert worden sind? Auf ihre

Vernichtung und völlige Tilgung ist sicherlich größter Wert gelegt worden.
Zimmermann ist nicht tot, aber so gut wie, und dass seine persönlich benutzten Dinge keiner haben will, ist nur zu verständlich.

Heute ist wirklich ein guter Tag. Beim Arbeiten an meinem Manuskript lenkt mich nichts und niemand mehr ab. Und ich bin mir ziemlich sicher, dass von der pensionierten Lehrerin nichts Böses zu erwarten ist.

***

Über die Autorin

Olivia Monti, im wirklichen Leben Olivia Kleinknecht, wurde 1960 in Stuttgart geboren, studierte Rechtswissenschaft in München und promovierte am Europäischen Hochschulinstitut in Florenz zum Doktor der Rechte. Weitere Studien an der Kunsthochschule Accademia delle Arti del Disegno in Florenz folgten; die Aquarelle und Ölbilder der Künstlerin wurden bei Ausstellungen in Lausanne, Florenz und Stuttgart gezeigt.
Seit 1994 ist sie freie Autorin und verfasst Romane und Sachbücher. Sie publizierte u.a. bei der Frankfurter Verlagsanstalt, S. Fischer und Königshausen & Neumann.
Sie lebt in Ludwigsburg und Zürich.

Mehr unter **www.olivia-kleinknecht.com**.

Weitere Romane von Olivia Monti

LUNA
PARK
2
Jahrmarkt
der Gier
Olivia
Monti
ROMAN

Olivia Monti
DER
PFLEGEFALL
Kriminalroman

ISBN 978-3-7529-8443-9
9 783752 984439 00001
www.epubli.de